신기한 나라의 앨리스

신기한 나라의 앨리스

루이스 캐럴 지음
남기헌 옮김

책세상

일러두기

1. 이 책은 루이스 캐럴Lewis Carroll의 《신기한 나라의 앨리스*Alice's Adventures in Wonderland*》(St. Martin's Press, 1977)를 옮긴 것이다.
2. 주석은 모두 옮긴이가 붙인 것이다.
3. 원서에서 이탤릭체로 표시된 것은 고딕체로 표시했다.
4. 맞춤법과 외래어 표기는 1989년 3월 1일부터 시행된 〈한글 맞춤법 규정〉과 《문교부 편수자료》, 《표준국어대사전》(국립국어연구원, 1999)을 따랐다.

차례

제1장 토끼 굴로 내려가다 10
제2장 눈물의 바다 22
제3장 코커스 경주와 긴 이야기 33
제4장 토끼가 꼬마 빌을 들여보내다 44
제5장 애벌레의 충고 58
제6장 돼지와 후추 73
제7장 미치광이들의 다과회 89
제8장 여왕의 크로케 경기장 104
제9장 가짜 거북 이야기 118
제10장 바다가재의 춤 132
제11장 누가 타르트를 훔쳤나? 145
제12장 앨리스의 증언 157

작가 인터뷰 171
작가 연보 187
주 199

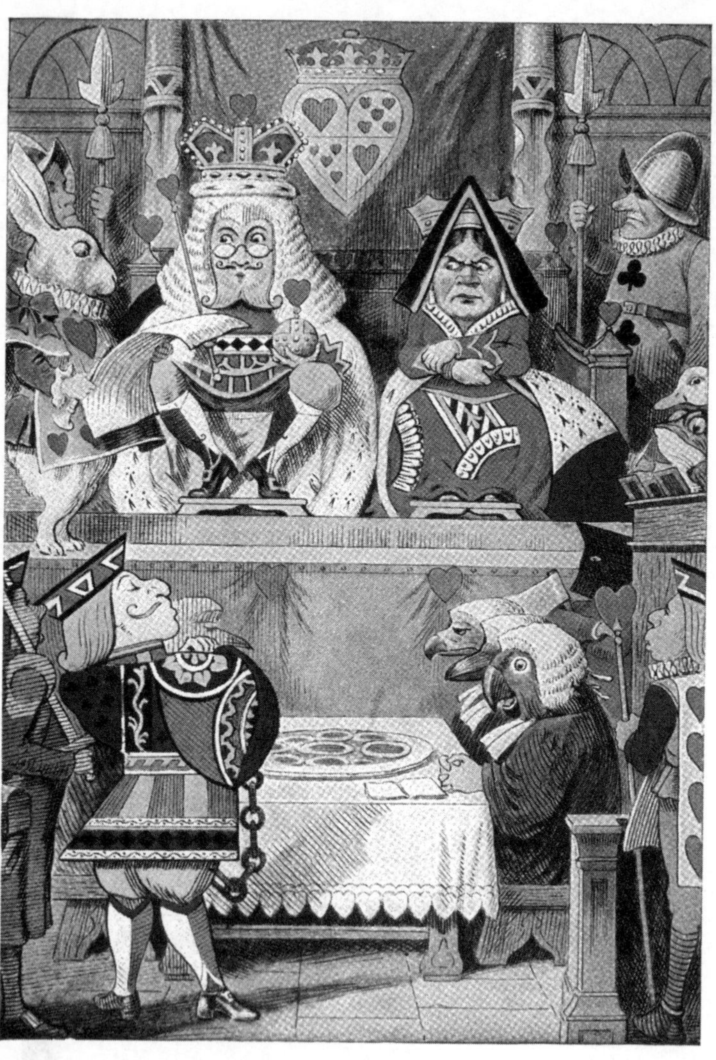

황금빛 오후 내내
  우리는 한가로이 물 위를 미끄러지듯 나아가네,
우리는 기교도 없이 두 척의 배를
  작은 팔로 저어 가네,
작은 손들이 방황하는 우리를 인도하려는 듯
  괜한 손짓을 하는 동안에.

아, 잔인한 세 아이[1]! 이런 시간에,
  이런 꿈꾸는 듯한 날씨에
가장 작은 깃털을 움직이기에도
  숨이 가쁜 사람에게 이야기를 해달라고 조르네!
그러나 가엾은 한 사람의 목소리가 이 세 아이들의 강압에
  어찌 저항할 수 있을까?

엄숙한 첫째가
"자 시작해요"라고 명령을 내리고,
부드러운 목소리로 둘째가 희망하건대
"반드시 난센스도 있어야 해요!"라고 하며,
셋째는 일 분에 한 번 이상
이야기를 방해하고 있지.

금세, 갑작스러운 침묵에 이르러
그들은 환상 속에서 꿈속의 아이를 좇아
거칠고 새로운 신비한
나라로 뚫고 들어가네,
새들과 짐승과 친근한 대화를 하며
이것이 진짜인지 못 미더워하네.

계속된 이야기에
환상의 샘이 고갈되고
지친 그가 "나머지는 다음에……" 하며
은근슬쩍 화제를 바꾸려 하니
"지금이 바로 다음이에요!" 하며
행복한 목소리들이 소리치네.

이렇게 신기한 나라의 이야기는 자라났네.
그렇게 천천히, 하나씩

기이한 사건들이 펼쳐졌고
　이야기가 끝난 지금
저무는 태양 아래
　우리, 행복한 선원들은 배를 저어 집으로 가네.

앨리스! 이 유치한 이야기를 받아서,
　부드러운 손길로
어린 날의 꿈들이 기억의 신비한 띠로
　엮여 있는 곳에 놓아라.
마치 먼 나라에서 꺾어 온,
　순교자의 시든 꽃다발처럼.

제1장 토끼 굴로 내려가다

앨리스는 언니와 함께 강둑에 앉아 아무 것도 안 하고 있는 것이 매우 지루해지기 시작했다. 한두 번 언니가 읽고 있는 책을 들여다보았지만, 그림이나 대화도 없는 책이라서 "그림도 대화도 없는 책이 무슨 소용이야?" 하는 생각이 들었다.

그래서 앨리스는 데이지를 꺾어 오는 수고를 감수할 만큼 꽃팔찌를 만드는 것이 재미가 있을까 곰곰이 생각해보고 있었다(무더운 날씨 때문에 아주 졸리고 멍한 상태였기에 생각하자면 최대한 애를 써야 했다). 이때 갑자기 분홍색 눈을 가진 하얀 토끼 한 마리가 앨리스 옆을 지나 달려갔다.

거기까진 별로 이상할 것이 없었다. 앨리스 역시 토끼가 "이런! 이런! 너무 늦겠어!"라고 혼잣말로 중얼거리는 소리를 듣고도 특별히 이상하다고 생각하지 못했다(나중에야 앨리스는 의아하게 여겨야 할 일이었다고 생각하게 되었지만, 그 당

시엔 매우 자연스러운 일로 보였다). 하지만 토끼가 실제로 조끼 주머니에서 시계를 꺼내 보고, 다시 급하게 뛰어가는 것을 보자마자 앨리스는 벌떡 일어섰다. 주머니 달린 조끼를 입고, 또 그 주머니에서 시계를 꺼내 보는 토끼를 본 적이 없다는 생각이 불현듯 떠올랐기 때문이었다. 호기심에 불타서 앨리스는 토끼를 쫓아 들판을 가로질러 달렸고, 때마침 토끼가 나무 울타리 밑의 커다란 토끼 굴로 갑자기 사라지는 것을 보았다.

다음 순간 앨리스는 도대체 어떻게 다시 빠져나올 것인지는 생각지도 않고 무작정 토끼를 따라 내려갔다.

토끼 굴은 한동안 터널처럼 쭉 뻗어 있다가 갑자기 밑으로 푹 꺼졌는데, 너무 순식간의 일이어서 앨리스는 멈출 생각도 미처 못 하다가 깊은 우물 같은 곳으로 떨어지고 말았다.

우물이 매우 깊었는지 아니면 앨리스가 천천히 떨어지고 있었는지 모르지만, 떨어지는 시간이 하도 한참 걸려서 그동안 앨리스는 주위도 둘러보고 다음에 무슨 일이 일어날까 하는 생각도 할 수 있었다. 우선 앨리스는 아래를 내려다보며 자기가 지금 어디로 향하고 있는지 알아보려 했지만, 너무 어두워서 아무 것도 보이지 않았다. 그러고 나서 우물의 옆면들을 봤는데, 거기에는 찬장과 책장이 빽빽이 들어차 있었다. 여기저기에서 앨리스는 지도와 그림들이 못에 걸려 있는 것을 보았다. 앨리스는 지나가면서 선반에서 단지를 하나 꺼냈다. 거기엔 '오렌지 마멀레이드' 라는 표가 붙어 있었지만, 실망스럽게도 안은 비어 있었다. 혹시 아래에 사람이라도 있으면 그를 죽이게 될까 봐 앨리스는 단지를 떨어뜨리고 싶지 않았다. 그래서 찬장 하나를 지나칠 때 가까스로 그 위에 단지를 올려두었다.

앨리스는 혼잣말로 "음, 이렇게 떨어지고 나면 계단에서 굴러 떨어지는 것쯤은 아무렇지도 않게 생각하게 될 거야! 식구들이 날 아주 용감하다고 생각할 거야! 어쨌든 지붕에서 떨어지더라도 이젠 아무 소리 안 할 거야." (정말 그럴 것 같았다.)

아래로, 아래로, 아래로. 이 추락에 끝이 있을까? "지금까지 도대체 얼마나 아래로 내려왔을까?" 앨리스는 큰 소리로 말했다. "지구의 중심에 가까이 가고 있는 게 틀림없어. 그래, 내 생각엔 아마 6,000킬로미터 넘게 내려왔을 거야." (여러분도 알다시피, 앨리스는 학교 수업 시간에 이런 종류의 것들을 많이 배웠다. 들어줄 사람이 없으니 앨리스가 자기 지식을 뽐내기에 좋은 때는 아니었지만, 그래도 복습하는 것은 좋은 습관이었다.) "맞아, 바로 그 정도 거리야. 한데 그렇다면 난 위도와 경도가 얼마쯤 되는 곳에 와 있는 거지?" (앨리스는 위도가 뭐고, 경도가 뭔지 전혀 몰랐다. 하지만 그런 단어들이 입에 올리기에 꽤 근사한 말이라고 생각되었다.)

곧 앨리스는 다시 말했다. "혹시 지구를 뚫고 떨어지는 건 아닐까! 머리를 거꾸로 하고 물구나무서서 걷는 사람들 속에 나타나게 되면 재미있을 텐데! 혐오감Antipathies이랄까." (앨리스는 이번엔 듣는 사람이 아무도 없어서 오히려 기뻤다. 그것은 올바른 단어가 아닐 것 같았기 때문이다.) "하지만 그들에게 어느 나라인지는 물어봐야지. 부인, 여기가 뉴질랜드인가요? 아니면 오스트레일리아인가요?" (그리고 앨리스는 말을 할 때 교양 있게 하려고 노력했다. 허공으로 떨어지면서 교양 있는 척하는 것을 상상해보라! 여러분이라면 그렇게 해낼 수 있었겠는가?) "그런데 그런 걸 물어보면 그 부인이 날 무식한 애라고 생각하지 않을까! 아니야, 물어보지 말아야지. 아마 어딘가에 씌어 있는 것을 볼 수 있을 거야."

아래로, 아래로, 아래로. 떨어지는 것밖에는 달리 할 일이 없었으므로 앨리스는 곧 다시 얘기를 시작했다. "다이나가 오늘 밤 나를 몹시 찾을 텐데!" (다이나는 고양이었다.) "사람들이 차 마시는 시간에 다이나에게도 우유를 잊지 말고 챙겨줘야 하는데. 나의 사랑스러운 다이나! 너도 나와 함께 여기 있으면 좋을 텐데. 여기엔 쥐가 없어서 안됐지만 그 대신에 쥐하고 비슷한 박쥐라도 잡을 수 있잖아. 그런데 고양이가 박쥐를 잡아먹나 모르겠네." 이쯤에서 앨리스는 졸리기 시작했고, 잠꼬대하듯 계속 중얼거렸다. "고양이가 박쥐를 잡아먹을까? 고양이가 박쥐를 잡아먹을까?" 그리고 이따금 "박쥐가 고양이를 잡아먹을까?"라고도 했다. 어차피 어떤 질문에도 답할 수 없는 입장이니 어떤 식으로 말해도 상관없었던 것이다. 앨리스는 자신이 꾸벅꾸벅 졸고 있는 것을 느꼈고, 곧 꿈을 꾸기 시작했다. 꿈속에서 앨리스는 다이나의 손을 잡고 걸으면서 진지하게 다이나에게 물었다. "자, 다이나, 사실대로 말해줘. 박쥐를 먹어본 적 있니?" 그때 갑자기 쿵! 쿵! 앨리스는 나뭇가지와 마른 잎사귀 더미 위에 떨어졌다. 드디어 바닥에 닿은 것이었다.

조금도 다친 데 없이 앨리스는 바로 벌떡 일어섰다. 위를 올려다보았지만 머리 위엔 어둠뿐이었다. 눈앞에는 또 다른 긴 통로가 있었고, 그곳을 따라 허둥지둥 내려가고 있는 하얀 토끼가 여전히 보였다. 머뭇거릴 시간이 없었다. 앨리스는 바람처럼 쌩하게 달렸고, 토끼가 모퉁이를 돌면서 하는 말을 놓치지 않고 들을 수 있었다. "오, 내 귀와 수염, 많이 늦겠네!" 앨리스는 모퉁이를 돌아 토끼를 거의 다 따라잡았나 싶었지만, 토

끼는 더 이상 보이지 않았다. 앨리스는 천장이 낮은 긴 홀에 서 있었다. 천장에 줄지어 매달린 등불들이 홀을 밝히고 있었다.

홀을 둘러싸고 많은 문이 나 있었지만 모두 잠겨 있었다. 앨리스는 이쪽저쪽으로 걸으며 모든 문을 열어보려 애쓰다가, 결국 어떻게 해야 다시 빠져 나갈 수 있을지 생각하며 슬픈 마음으로 홀 한가운데로 걸어왔다.

앨리스는 문득 단단한 유리로 만들어진 다리 세 개 달린 탁자를 발견했다. 그 위에는 오직 조그만 황금 열쇠만이 덩그러니 놓여 있었다. 순간 앨리스는 이 열쇠가 홀의 문들 중 하나에 맞을지도 모른다고 생각했다. 하지만 이런! 자물쇠가 너무 큰 건지 아니면 열쇠가 너무 작은 건지, 어쨌든 그 열쇠로는 어느 문도 열 수가 없었다. 하지만 홀을 다시 돌다가 앨리스는 처음에는 보지 못했던 낮은 커튼을 발견했다. 그 커튼 뒤에는 높이가 채 40센티미터도 안 되는 자그마한 문이 있었다. 앨리스가 작은 황금 열쇠를 자물쇠 구멍에 꽂아보았더니 정말 기쁘게도 딱 맞았다.

앨리스는 문을 열었다. 그 문은 쥐구멍만큼이나 작은 통로와 연결돼 있었다. 앨리스가 무릎을 꿇고 앉으니 작은 통로 너머에 있는, 세상에서 가장 아름다운 정원이 보였다. 통로 밖으로 당장이라도 나가서 환한 꽃들과 시원한 분수들 사이를 거닐고 싶었다. 하지만 이 문으로는 머리도 집어넣을 수가 없었다. 가엾은 앨리스는 생각했다. "설령 머리가 빠져나간다 해도 무슨 소용 있어. 어깨가 못 따라갈 텐데. 내 몸도 망원경처럼 작게 접혔다 펴졌다 하면 얼마나 좋을까! 처음에 어떻게 하는지만 알면 할 수도 있을 것 같은데." 여러분도 알다시피, 최근에 이상한 일들이 많이 일어나서 앨리스는 불가능한 일이란 없다는 생각이 들기 시작했다.

작은 문 옆에서 기다려봐야 소용이 없을 것 같았다. 그래서 앨리스는 혹시라도 탁자 위에 다른 열쇠나 적어도 망원경처럼 사람 몸을 작게 접을 수 있는 방법이 적힌 책이 있을까 싶어 탁자로 되돌아갔다. 이번에는 탁자에 작은 병이 놓여 있었다("분명히 아까는 이게 없었는데." 앨리스는 중얼거렸다). 병목에는 '나를 마셔' 라고 커다란 글자로 아름답게 인쇄된 종

DRINK ME

이 라벨이 붙어 있었다.

'나를 마셔' 라는 말은 제대로 된 말이긴 했지만, 똑똑한 어린이인 앨리스는 서둘러 그 말을 따르려 하지 않았다. "안 돼, 독약이라는 표시가 있는지 없는지 먼저 살펴봐야지." 앨리스가 말했다. 왜냐하면 친구들이 일러준 간단한 규칙을 잊고 있다가 화상을 입거나 야수에게 잡아먹히거나 다른 안 좋은 일을 당한 아이들이 나오는 재미있는 이야기들을 여러 개 읽었기 때문이었다. 그 규칙들이란 예를 들어, 달아오른 부지깽이를 너무 오래 들고 있으면 화상을 입는다거나 칼로 손가락을 너무 깊이 그으면 피가 난다거나 하는 것이었고, 독약이라고 씌어 있는 약을 마시면 분명 조만간 탈이 난다는 것을 앨리스는 잊지 않고 있었다.

그러나 이 병에는 독약이라는 표시가 없었다. 그래서 앨리스는 살짝 맛을 봤고, 맛이 좋아서(사실 체리 파이, 커스터드, 파인애플, 구운 칠면조 고기, 땅콩 맛 사탕, 버터 바른 뜨거운 토스트를 섞은 맛이 났다) 금세 다 마셔버렸다.

*　　*　　*　　*　　*　　*

*　　*　　*　　*　　*

*　　*　　*　　*　　*　　*

"기분이 아주 이상하네!" 앨리스가 말했다. "틀림없이 내가 망원경처럼 작게 접히고 있어!"

정말 그랬다. 앨리스의 키는 이제 겨우 25센티미터밖에 되지 않았다. 이제 저 아름다운 정원으로 난 작은 문을 통과할 수 있을 정도로 작아졌다고 생각하자 앨리스의 얼굴이 밝아졌다.

하지만 우선 앨리스는 자기 몸이 더 작아지는 것은 아닌지 확인하느라고 잠깐 동안 기다렸다. 조금은 걱정스러웠던 것이다. "계속 줄어들다가 결국 양초처럼 완전히 사라져버릴지도 모르잖아. 그럼 어떡하지?" 앨리스는 양초가 사라진 다음에는 촛불의 불꽃이 어떤 모습일지 상상해보려고 애썼다. 그런 것을 본 기억이 없기 때문이었다.

잠시 후 더 이상 몸이 작아지지 않는다는 것을 확인한 앨리스는 즉시 정원으로 들어가기로 마음먹었다. 그렇지만 이런 가엾은 앨리스! 그 작은 문에 도착한 후에야 비로소 앨리스는 작은 황금 열쇠를 두고 왔다는 것을 깨달았다. 그래서 열쇠를 찾으러 탁자로 갔지만 키가 닿지 않아 도저히 열쇠를 집을 수 없었다. 유리를 통해서 열쇠가 잘 보였기 때문에 앨리스는 열쇠와 가까운 곳의 탁자 다리를 기어오르려고 안간힘 썼지만 계속 미끄러질 뿐이었다. 지쳐버린 불쌍한 앨리스는 주저앉아서 울었다.

"진정해, 이렇게 울어봐야 소용없어!" 앨리스는 제법 단호하게 자신에게 말했다. "네게 당장 떠나라고 충고하겠어!" 보통 앨리스는 자신에게 매우 유익한 충고를 했고(그 충고를 따르는 일은 별로 없지만), 때로는 눈물이 찔끔 나올 정도로 자신을 심하게 꾸짖기도 했다. 한번은 이 편 저 편 다 해가며 혼자 하던 크로케 경기에서 자신을 속였다고 자기가 자기 뺨을 때리려 한 일도 있었음을 앨리스는 기억하고 있었다. 이 호기심 많은 아이는 자신이 두 사람인 체하는 것을 좋아했던 것이다. "하지만 지금은 두 사람인 척하는 것도 아무 소용이 없어! 뭐, 존경할 만한 한 사람이 되는 것만도 벅차다고." 불쌍한 앨리스는 생각했다.

곧 앨리스의 눈길이 탁자 밑에 있는 작은 유리 상자에 닿았다. 앨리스는 상자를 열었다. 그 안에는 작은 케이크가 들어 있었고, 케이크에는 '나를 먹어'라는 글자가 건포도로 씌어 있었다. "그래, 먹을 거야. 이게 내 몸을 커지게 해주는 거라면 나는 열쇠를 집을 수 있을 거야. 그리고 이게 내 몸을 더 작아지게 해주는 거라면 나는 문 밑으로 기어갈 수 있을 것이고. 결국 어떤 식으로든 정원에 들어갈 수 있을 테니 어느 쪽이 되든 상관없어!" 앨리스가 말했다.

앨리스는 케이크를 조금 먹은 다음, 어느 쪽으로 바뀌는지 느끼기 위해 한 손을 머리에 올려놓고 걱정스럽게 중얼거렸다. "어떻게 될까? 어떻게 될까?" 그러나 놀랍게도 앨리스의 키는 변함이 없었다. 물론 그것은 케이크를 먹을 때 일어나는 일반적인 현상임이 분명하다. 하지만 오직 신기한 일들만 일어나기를 기대해온 앨리스에게 삶이 평범한 방향으로 계속되는 것은 너무 지루하고 어리석게 느껴졌다.

그래서 앨리스는 케이크를 다시 먹기 시작했고, 금세 다 먹어치웠다.

*　*　*　*　*　*

*　*　*　*　*

*　*　*　*　*　*

제2장 눈물의 바다

"갈수록 요상해지네!" 앨리스가 소리쳤다(앨리스는 너무 놀라서 순간적으로 맞춤법에 맞는 단어를 잊어버렸다). "이젠 내 몸이 세상에서 가장 큰 망원경처럼 펴지고 있네!" (발을 내려다보니 발이 거의 안 보일 정도로 점점 멀어지고 있었다.) "오, 내 불쌍한 발들! 이제 누가 너희에게 신발이나 양말을 신겨줄

까? 난 절대로 할 수 없는데! 내가 너희에게 신경을 써주기에는 너희가 너무 멀리 있구나. 그러니 너희가 할 수 있는 한 알아서 잘 지내도록 해."——"하지만 나는 내 발들에게 친절하게 굴어야 해. 안 그러면 그들이 내가 가고 싶은 곳으로 걸어가려 하지 않을지도 몰라! 어떻게 할까. 그래, 크리스마스 때마다 새 장화를 선물해야지." 앨리스는 생각했다.

그러고 나서 앨리스는 이 일을 어떻게 처리할지 계획을 세웠다. "선물은 집배원 아저씨더러 전해주라고 해야지." 앨리스는 생각했다. "자기 발에게 선물을 보내다니, 얼마나 우스울까! 그리고 수취인의 주소는 얼마나 이상하게 보일까!

벽난로 울 옆,
벽난로 깔개 위,
앨리스의 오른발 귀하
(앨리스의 사랑을 담아)

이런, 내가 무슨 말도 안 되는 소리를 하고 있는 거야!"

바로 그 순간 앨리스의 머리가 홀 천장에 닿았다. 정말로 키가 2미터 70센티미터 이상으로 커진 앨리스는 즉시 열쇠를 집어 들고 서둘러 정원으로 통하는 문으로 갔다.

불쌍한 앨리스! 고작 옆으로 누워 한쪽 눈으로 정원을 보는 것이 앨리스가 할 수 있는 전부였다. 이제 그 문을 통과하는 것은 전보다 더 가망이 없었다. 앨리스는 주저앉아 울기 시작했다.

"넌 부끄러운 줄 알아야 해!" 앨리스가 말했다. "너처럼 커다란 여자 애가"(맞는 말인지도 모른다) "이렇게 계속 울고 있다니! 당장 그쳐!" 그래도 앨리스는 몇 갤런의 눈물을 쏟으면서 계속 울었고, 결국 머지않아 주변에 커다란 물웅덩이가 생겼다. 깊이가 10센티미터에 홀의 절반 정도를 덮는 웅덩이였다.

잠시 후 멀리서 뚜벅뚜벅 발소리가 들려오자 앨리스는 급히 눈물을 닦고 무엇이 다가오는지 살폈다. 화려하게 차려입은 하얀 토끼가 다시 돌아오고 있었다. 토끼는 한 손에는 하얀 염소가죽 장갑, 다른 한 손에는 커다란 부채를 들고 있었다. "이런! 공작 부인, 공작 부인! 이런! 오래 기다리게 했다고 공작 부인이 노여워하는 건 아니겠지!" 토끼가 이렇게 중얼거리며 급하게 뛰어오고 있었다. 앨리스는 너무나 절망적인 상태여서 누구에게든 도움을 청할 준비가 되어 있었다. 그래서 토끼가 가까이 오자 낮고 겁먹은 목소리로 입을 열었다. "실례합니다만, 저……." 토끼는 기절할 듯 놀라 하얀 염소가죽 장갑과 부채를 떨어뜨리고는 허둥대며 재빠르게 어둠 속으로 달아나버렸다.

앨리스는 부채와 장갑을 집어 들었고, 홀 안이 매우 더워서 계속 부채질을 하며 말했다. "이런, 이런! 오늘은 모든 게 다 이상하네! 어제는 평소와 같았는데. 밤사이에 내가 변한 건가? 생각해보자. 오늘 아침에 일어났을 때 별다른 점이 없었

나? 기분이 약간 달랐던 것 같기는 해. 그런데 내가 달라졌다면 다음 질문은 '그럼 도대체 나는 누굴까?' 하는 건데. 아, 그거야말로 굉장한 수수께끼인걸!" 앨리스는 자기가 누구로 변했는지 알아보려고, 자기가 아는 또래 친구들을 하나하나 떠올려보기 시작했다.

"에이다가 아닌 것은 확실해." 앨리스는 말했다. "에이다의 머리는 긴 곱슬머리인데 내 머리는 전혀 그렇지 않거든. 그리고 메이블일 리도 없어. 왜냐하면 난 아는 게 참 많은데 메이블은, 아, 메이블은 아는 게 별로 없으니까! 게다가 메이블은 메이블이고 난 나란 말이지. 그리고……아, 이런, 정말 모든 게 혼란스럽네! 전에 알고 있던 것들을 지금도 다 알고 있는지 시험해봐야지. 어디 보자. 4 곱하기 5는 12, 4 곱하기 6은 13, 4 곱하기 7은……아, 이런! 이래가지고는 20까지도 못 가겠네. 그렇지만 구구단은 별로 중요하지 않아. 지리를 시험해보자. 런던은 파리의 수도이고, 파리는 로마의 수도이고, 로마는……아냐, 전부 틀린 게 확실해! 메이블로 변한 게 틀림없어! 시구를 외워봐야지. '어떻게 이 작은…….'" 앨리스는 수업 시간에 발표를 하듯이 두 손을 무릎 위에 포개놓고 이 시구를 암송하기 시작했다. 하지만 앨리스의 목소리는 쉰 소리를 내고 이상하게 들렸다. 그리고 단어들도 예전과 같지 않았다.

어떻게 이 작은 악어가
빛나는 꼬리를 더욱 매만지며,
황금빛 비늘 하나하나에
나일 강의 강물을 부었나!

얼마나 기분 좋게 싱긋이 웃는지,
얼마나 솜씨 있게 발톱을 벌리는지,
그리고 부드럽게 웃고 있는 입으로
작은 물고기들을 환영한다네!

"분명 올바른 단어들이 아니야." 불쌍한 앨리스가 말했다. 눈에 다시 눈물이 차올랐고 앨리스는 계속 중얼거렸다. "난 결국 메이블이 되고 만 거야. 이제 난 초라한 작은 집으로 가서 살아야 하고, 가지고 놀 장난감 하나 못 갖게 되고, 그리고 아주 많은 것을 공부해야 하겠지! 안 돼. 난 결심했어. 내가 메이블이라면 난 여기에 머물 거야. 저 위에서 사람들이 머리를 들이밀고 '올라오거라!' 라고 말해도 소용없을걸. 난 고개만 쳐들고 이렇게 말할 거니까. '내가 누구죠? 먼저 그걸 말해줘요. 내가 그 사람인 게 마음에 들면 올라갈 것이고, 그렇지 않다면, 다른 누군가가 될 때까지 여기 머물러 있을 거예요.' 하지만, 오 이런!" 앨리스는 갑자기 눈물을 터뜨리며 소리쳤다, "누구든 머리를 좀 들이밀어줬으면! 여기 혼자 있자니 너무 지겨워."

이렇게 말하면서 손을 내려다보던 앨리스는 자기가 토끼의 작은 하얀 장갑을 끼고 있는 것을 보고 놀랐다. "내가 어떻게 장갑을 꼈지?" 앨리스는 생각했다. "내가 다시 작아지고 있는 것이 틀림없어." 앨리스는 일어나서 키를 가늠해보려고 탁자로 걸어갔다. 생각한 대로 이제 키가 70센티미터 정도 돼 있었고, 계속 빠르게 줄어들고 있었다. 키가 줄어드는 원인이 손에 든 부채에 있음을 알아챈 앨리스는 바로 부채를 떨어뜨렸다. 다행히도 몸이 완전히 줄어드는 것을 막을 수 있었다.

"큰일 날 뻔했어!" 앨리스가 말했다. 갑작스러운 변화에 많이 놀랐지만 앨리스는 자기 존재가 아직 남아 있는 것을 확인하게 되어 매우 기뻤다. "자, 정원으로 가야지!" 앨리스는 전속력으로 작은 문을 향해 달려갔다. 그런데, 맙소사! 작은 문은 이번에도 잠겨 있었고, 작은 황금 열쇠는 전처럼 유리 탁자 위에 놓여 있었다. "상황이 아까보다 더 안 좋잖아." 불쌍한 앨리스가 생각했다. "아까는 이 정도로 작지는 않았어. 절대로! 상황이 너무 안 좋아, 정말이야!"

그 순간 발이 미끄러졌고, 이어서 풍덩! 앨리스는 소금물에 턱까지 빠져버렸다. 처음 떠오른 생각은 아무래도 바다에 빠진 것 같다는 것이었다. "그렇다면 기차를 타고 돌아갈 수 있지." 앨리스가 중얼거렸다. (앨리스는 딱 한 번 바닷가에 가봤고, 영국의 어떤 해변에 가든지 거기에는 많은 이동식 탈의실, 모래사장에서 나무 삽으로 모래를 파고 있는 아이들, 한 줄로 늘어선 숙박업소들, 그리고 그 뒤의 기차역이 있다는 막연한 결론을 내렸다.) 하지만 이내 앨리스는 자신이 빠진 곳이 자신이 2미터 70센티미터의 거인이 되었을 때 흘린 눈물의 웅덩이라는 것을 깨달았다.

"그렇게 펑펑 우는 것이 아니었는데!" 빠져나갈 데를 찾아 이리저리 헤엄치며 앨리스가 말했다. "너무 울어서, 내가 흘린 눈물에 내가 빠지는 벌을 받게 된 거야! 정말 별일이군! 하지만 오늘은 모든 게 다 이상한걸."

바로 그때 조금 떨어진 곳에서 철벅철벅 물 튀는 소리가 들렸다. 앨리스는 무엇이 그러는지 알아보려고 좀 더 가까이 헤엄쳐 갔다. 처음에는 해마나 하마일 거라고 생각했다. 하지만 앨리스는 자신이 지금 얼마나 작아졌는지를 상기했고, 이내 그것이 자기처럼 미끄러져 웅덩이에 빠진 생쥐라는 것을 깨달았다.

앨리스는 생각했다. "이 생쥐에게 말을 거는 게 도움이 될까? 여기선 모든 게 다 특이하니까, 어쩌면 생쥐와 얘기할 수 있을지도 몰라. 어쨌든 한번 시도해본다고 나쁠 것 없지." 그래서 앨리스는 생쥐에게 말을 붙였다. "오, 생쥐야, 넌 이 웅덩이에서 나갈 방법을 알고 있니? 나는 여기서 계속 헤엄쳐 다니느라 지쳤거든, 오, 생쥐야!" (앨리스는 생쥐에게 이런 식으로 말을 걸어야 옳다고 생각했다. 전에 생쥐와 말해본 적은 없었지만, 오빠의 라틴어 문법책에서 다음과 같이 씌어 있는 것을 본 기억이 났기 때문이었다. "생쥐가――생쥐의――생쥐에게――생쥐를――오, 생쥐야!") 생쥐는 호기심이 가득 찬 눈동자로 앨리스를 쳐다보았다. 작은 한 눈으로 앨리스에게 윙크를 하는 것 같았지만 말은 전혀 없었다.

"아마도 영어를 모르는 것 같아." 앨리스는 생각했다. "아무래도 정복왕 윌리엄[2)]과 함께 온 프랑스 쥐가 분명해." (사실

앨리스의 역사 지식으로는 그것이 얼마나 오래전에 일어난 일인지 따위는 뚜렷이 알 수가 없었다.) 그래서 앨리스는 다시 프랑스어로 말을 걸었다. "우 에 마 샤트Où est ma chatte(내 고양이는 어디에 있니)?" 이것은 프랑스어 교본에 나오는 첫 번째 문장이었다. 생쥐는 갑자기 물 밖으로 펄쩍 뛰어 오르더니 두려움에 온몸을 떠는 것 같았다. "어머, 미안해. 네가 고양이를 좋아하지 않는다는 걸 깜빡했어!" 앨리스는 가엾은 동물의 기분을 상하게 한 것 같아 다급히 사과했다.

"고양이들을 안 좋아하지! 네가 나라면 고양이들을 좋아하겠니?" 생쥐가 날카로운 격한 목소리로 외쳤다.

"음, 안 좋아하겠지. 너무 화내지는 마. 너에게 우리 다이나를 보여주면 좋을 텐데. 그러면 너도 고양이들을 좋아하게 될지도 몰라. 다이나는 참 얌전하거든." 달래듯 앨리스가 말했다. 물웅덩이에서 천천히 헤엄을 치며 반쯤은 혼자 얘기하듯 앨리스가 계속 말했다. "그리고 그 녀석은 난롯가에 앉아서 기분 좋게 그르렁거리거나, 앞발을 핥아 얼굴을 닦지——돌보기엔 참 좋은 녀석이야——그리고 쥐 잡는 데는 선수란다——아, 미안!" 앨리스는 깜짝 놀라 또다시 소리쳤다. 이번에는 생쥐가 온몸의 털을 곤두세웠다. 앨리스는 분명 자신이 엄청난 상처를 줬다고 느꼈다. "네가 싫다면 이제 우리 다이나 얘기는 하지 말자."

"우리라니!" 꼬리 끝까지 부들부들 떨면서 생쥐가 소리쳤다. "마치 내가 그런 주제를 입에 올리기라도 한 것처럼 말하는구나! 우리 가족은 고양이라면 항상 질색이야. 더럽고 천하고 저속한 것들! 다시는 그 이름을 듣지 않게 해줘!"

"다시는 정말 그러지 않을게!" 앨리스가 이렇게 말하고는 서둘러 대화의 주제를 바꿨다. "그러면——그러면——개는 좋아하니?" 생쥐가 아무 대꾸도 하지 않자 앨리스는 열심히 말을 이었다. "우리 집 근처에 귀여운 작은 개가 한 마리 있거든. 너에게 보여주면 좋을 텐데! 눈이 작고 빛나는 테리어종인데, 갈색 털이 얼마나 길고 고운지 몰라! 사람이 물건을 던지면 물어 오고, 앞발을 세우고 앉아 저녁을 달라고 조르기도 하고, 그 밖에도 많은 것——나는 절반도 기억 못 해——을 할 줄 안단다. 그 개의 주인인 농부 아저씨가 그러는데, 그 개가 아주 쓸모가 있어서 100파운드의 가치는 된대! 또 쥐도 어찌나 잘 잡는지……어머나!" 앨리스가 슬픈 목소리로 소리쳤다. “내가 또 너에게 상처를 주었구나!” 생쥐는 물웅덩이에 풍파를 일으키며 최대한 힘껏 헤엄쳐 앨리스로부터 멀어져가고 있었다. 앨리스가 그 뒤에 대고 부드럽게 불렀다. “생쥐야! 다시 돌아와. 이젠 절대 고양이나 개 이야기는 하지 않을게.” 이 말을 듣자 생쥐는 몸을 돌려 천천히 앨리스에게 헤엄쳐 돌아왔다. 얼굴이 상당히 창백했다(화가 나서 그렇다고 앨리스는 생각했다). 생쥐가 낮고 떨리는 목소리로 말했다. “우리 뭍으로 가자. 그러면 내 이야기를 들려줄게. 왜 내가 고양이와 개를 싫어하는지 알게 될 거야.”

물웅덩이에 빠진 새들이며 동물들 때문에 웅덩이가 점차 번잡해지고 있었으므로 뭍으로 나가야 할 때였다. 오리, 도도, 진홍잉꼬, 새끼 매, 그리고 다른 기묘한 동물들이 있었다. 그들 모두가 앨리스의 뒤를 따라 뭍으로 헤엄쳐 갔다.

제3장 코커스[3] 경주와 긴 이야기

물가에 모인 이 일행은 참으로 우스꽝스러운 모습이었다——깃털을 바닥에 질질 끌고 다니는 새들, 털이 몸에 찰싹 엉겨 붙은 동물들, 모두들 몸에서 물이 뚝뚝 떨어졌고 시무룩했고 불편해했다.

그들의 가장 시급한 과제는 몸을 말릴 방법을 찾는 것이었다. 그들은 이에 대해 상의했다. 얼마 지나지 않아 앨리스는 마치 평생 알고 지낸 친구처럼 그들과 친근하게 어울리는 자신이 너무 자연스럽게 느껴졌다. 정말로 앨리스는 진홍잉꼬와 한참을 상의했는데, 마침내 진홍잉꼬가 뾰로통해져 돌아서더니 이렇게 말했다. "내가 너보다 나이가 많고, 당연히 너보다 많이 알아." 앨리스는 진홍잉꼬의 나이를 알기 전에는 이것을 인정하지 않으려 했고, 진홍잉꼬가 자기 나이를 밝히기를 거부했기 때문에 더 이상 확인된 것은 없었다.

드디어 일행 중 제법 권위 있는 존재로 보이는 생쥐가 소리쳤다. "모두 앉아서 내 말 좀 들어봐요! 내가 곧 충분히 말려줄게요." 그들은 즉시 생쥐를 가운데에 두고 커다란 원 형태로 빙 둘러앉았다. 앨리스는 걱정스럽게 생쥐를 응시했다. 빨리 몸을 말리지 않으면 틀림없이 감기에 걸릴 것 같았기 때문이었다.

"에헴!" 생쥐가 근엄한 목소리로 말했다. "모두 준비됐나요? 이것은 내가 알고 있는 최고의 건조 방법입니다. 자, 모두 조용히 해주세요! '영국인들은 교황의 총애를 받던 정복왕 윌리엄에게 이내 굴복했어요. 영국인들은 지도자를 원하고 있었고 최근 강탈과 정복에 길들어 있었지요. 머시아와 노섬브리아의 백작들인 에드윈과 모어카는……'"

"우우!" 몸을 떨며 진홍잉꼬가 야유를 보냈다.

"실례지만, 방금 당신이 말한 건가요?" 생쥐는 얼굴을 찡그리면서도 매우 정중하게 물었다.

"내가 안 그랬어요!" 허둥지둥 진홍잉꼬가 말했다.

"난 당신이 그런 줄 알았죠." 생쥐가 말했다. "그럼 계속하죠. '머시아와 노섬브리아의 백작들인 에드윈과 모어카는 그를 지지하는 선언을 했고, 애국적인 캔터베리 대주교 스티건드조차 에드거 애설링과 함께 윌리엄에게 왕관을 전달하러 가는 것이 바람직하다는 것을, 그것을 알아봤어요…….'"

"뭘 알아봤다고요?" 오리가 물었다.

"그것을 알아봤다고요. '그것' 이 뭔지는 물론 다들 알고 있을 테고요." 생쥐가 퉁명스럽게 말했다.

"내가 알아본 거라면 그것이 뭔지 잘 알지요. 그것은 대체로 개구리나 벌레죠. 그런데 내 질문은 대주교가 무엇을 알아봤느냐는 거예요." 오리가 말했다.

생쥐는 이 질문을 무시하고 빠르게 말을 이었다. "'에드거 애설링과 함께 윌리엄에게 왕관을 전달하러 가는 것이 바람직하다는 것을 알아봤어요. 윌리엄의 행동은 처음에는 온순했어요. 그러나 그의 노르만족의 무례함…….' 얘, 지금은 몸이 좀 어떠니?" 이야기를 하는 도중에 생쥐가 앨리스를 향해 물었다.

"여전히 축축해." 앨리스가 우울한 목소리로 말했다. "전혀 마르는 것 같지 않아."

"그렇다면 나는 보다 효과적인 방법을 즉각적으로 채택하기 위해 정회를 주장합니다." 도도가 일어서면서 엄숙하게 말했다.

"쉬운 말로 해요!" 새끼 매가 말했다. "나는 그렇게 긴 말은 절반도 못 알아듣겠어요. 게다가 당신이 그 말을 이해한다고 믿지도 않고요." 새끼 매는 웃음을 감추려고 머리를 숙였다. 다른 새들도 소리가 들릴 정도로 킥킥거렸다.

"내가 하려던 말은……." 도도의 목소리가 날카로워졌다. "……우리 몸을 말리는 가장 좋은 방법은 바로 코커스 경주라는 겁니다."

"코커스 경주? 그게 뭔데?" 앨리스가 물었다. 사실 앨리스는 별로 궁금하지 않았다. 하지만 도도는 누군가 나서서 얘기할 것이라고 생각했는지 입을 다물고 있었다. 그러나 어느 누구도 설명할 생각이 없는 것처럼 보였다.

"뭐, 직접 해보는 게 가장 좋겠지요." 도도가 말했다. (어느 겨울날 여러분이 그것을 해보고 싶어 하게 된다면 그때는 내가 도도가 어떻게 해 보였는지 설명해주겠다.)

도도는 먼저 둥그렇게 경주 코스를 그렸다(정확한 원이 아니어도 상관없다고 도도는 말했다). 일행 모두가 그 코스를 따라 여기저기 늘어섰다.

"하나, 둘, 셋, 출발" 따위의 신호도 없었다. 모두 자기 마음 내킬 때 뛰기 시작했고, 또 마음 내킬 때 멈췄다. 그래서 경주가 언제 끝날지 종잡을 수가 없었다. 그러나 30분 이상 그렇게 뛰면서 그들의 몸이 거의 마르자 도도가 갑자기 소리쳤다.

"경주 끝!" 그러자 모두들 도도 주위로 몰려들어 가쁜 숨을 몰아쉬며 물었다. "누가 이긴 거예요?"

도도는 한참 생각해보지 않고는 이 질문에 대답할 수 없었고, 오랫동안 한 손가락으로 이마를 누르고 서 있었다(그림 속의 셰익스피어에게서 자주 보았던 그런 자세로). 모두가 말없이 기다리고 있었다. 마침내 도도가 입을 열었다. "여러분 각자가 다 승자입니다. 그러니 모두가 상을 받아야 해요."

"하지만 누가 상을 주죠?" 일행이 합창을 하듯 물었다.

"뭐, 당연히 이 여자애죠!" 도도가 손가락으로 앨리스를 가리키며 말했다. 그러자 모두들 앨리스 주위로 모여들어 어지럽게 아우성치기 시작했다. "상을 줘! 상을 줘!"

어찌할 줄을 모르던 앨리스는 자포자기의 심정으로 주머니에 손을 넣어 사탕갑을 꺼냈고(다행히도 그 안은 소금물에 젖지 않은 상태였다), 상으로 사탕을 나눠 주었다. 모두에게 한 개씩 돌아가자 사탕이 다 떨어졌다.

"그런데 이 여자애도 상을 받아야지요." 생쥐가 말했다.

"물론이죠." 도도가 점잖게 대답했다.

"네 주머니 안에 다른 건 없니?" 도도가 앨리스에게 물었다.

"골무밖에 없어." 앨리스가 풀이 죽어 대답했다.

"그걸 이리 내놔봐." 도도가 말했다.

그러자 모두들 다시 한번 앨리스 주위로 모여들었고, 도도는 받아 든 골무를 앨리스에게 다시 주면서 엄숙하게 말했다. "우리는 네가 이 우아한 골무를 받아주기를 바라." 이 짧은 연

설이 끝나자 모두가 환호했다.

앨리스는 이 모든 일이 매우 어처구니없다고 생각했으나 모두들 하나같이 진지한 표정이어서 감히 웃을 수가 없었다. 할 말도 떠오르지 않아 그저 고개 숙여 인사를 하고 최대한 엄숙한 표정을 지으며 골무를 받았다.

다음 문제는 사탕을 먹는 것이었다. 사탕 때문에 약간의 혼란과 소동이 일어났다. 몸집이 큰 새들은 사탕이 너무 작아 맛도 느낄 수 없다고 투덜거렸고, 몸집이 작은 동물들은 사탕이 목에 걸려서 누가 등을 두드려줘야만 했다. 그러나 마침내 소동이 끝나자 그들은 다시 동그랗게 둘러앉아 생쥐에게 이야기를 더 해달라고 졸랐다.

"아까 네가 살아온 이야기를 해주겠다고 약속했잖아." 앨리스가 말했다. 그리고 생쥐의 기분을 다시 상하게 만들지 않을까 걱정하면서 조심스럽게 생쥐의 귀에 대고 속삭였다. "그리고 야옹과 멍멍을 왜 싫어하게 됐는지도."

"그것은 길고 슬픈 이야기야." 생쥐가 앨리스를 돌아보며 한숨을 쉬었다.

"정말로 긴 꼬리로구나."[4] 앨리스가 생쥐의 꼬리를 내려다보며 감탄스럽게 말했다. "그런데 어째서 꼬리가 슬프다는 거니?" 생쥐가 이야기를 늘어놓는 동안 앨리스는 계속 꼬리에 대한 의문에 골몰했다. 그래서 그 이야기에 대한 앨리스의 생각은 말하자면 다음과 같은 것이 되었다.

집안에서 맞닥뜨린 생쥐에게
'분노의 여신' 이 말했다.
"나와 함께 재판정으로 가자.
난 너를 고소하겠다. 이리 와.
싫다고 해도 소용없어.
너는 재판을 받아야만 해.
오늘 아침 할 일도 없는데
잘됐다." 그러자 생쥐는
그 잡종 개에게
이렇게 말했다.
"참 이상한 재판도
다 있군요. 재판장도
배심원도 없이
쓸데없는 짓이
아닐까요?"
"내가 재판장도
하고 배심원도
할 거야!"
교활하고
늙어빠진
'분노의
여신' 이
말했다.
"어쨌든
난 모든
수단과
방법을
총동원
해서
너에게
사형을
언도할
것이다."

"듣지 않고 있군." 생쥐가 인상을 쓰며 소리쳤다. "무슨 생각을 하고 있는 거야?"

"미안해, 용서해줘." 앨리스가 겸연쩍어하며 말했다. "네 꼬리는 다섯 번 휘어졌구나, 그렇지?"

"그렇지 않아!" 생쥐가 몹시 화가 나서 날카롭게 소리쳤다.

"아, 매듭이 진 거라고!"[5] 언제든 누군가에게 도움이 되어줄 태세로 자기 주변을 둘러보며 사는 앨리스가 말했다. "매듭 푸는 것을 나에게 맡겨줘."

"그런 일은 전혀 없을 거야." 생쥐가 일어나 앨리스에게서 멀어져가며 말했다. "그런 말도 안 되는 얘기로 나를 모욕하다니!"

"그런 뜻이 아니었어." 가엾은 앨리스가 항변했다. "너야말로 너무 쉽게 화내는 거 아니니!"

생쥐는 그르렁대는 것으로 응답할 뿐이었다.

"제발 돌아와서 이야기를 마저 해줘." 앨리스가 생쥐의 뒤에 대고 말했다. 그러자 동물들도 입을 모아 소리쳤다. "그래요, 돌아와줘요!" 그러나 생쥐는 참을 수 없다는 듯이 그저 머리를 흔들며 발걸음을 빨리했다.

"생쥐가 가버렸으니 참 딱하게 됐군." 생쥐가 멀리 사라지자 진홍잉꼬가 한숨을 쉬며 말했다. 그러자 늙은 게가 이 기회를 틈타 딸에게 말했다. "얘야, 언제든 흥분해서 이성을 잃어버리면 안 된다는 걸 이 상황에서 배우도록 하자." "그만 하세요, 엄마." 어린 게가 투덜거렸다. "굴을 가지고 참을성을 시험하는 것으로도 충분하시잖아요."

"여기 다이나가 있으면 얼마나 좋을까! 그럼 다이나가 당장 생쥐를 붙잡아 데리고 올 텐데." 앨리스가 특별히 누구에게랄 것 없이 큰 소리로 말했다.

"다이나가 누군데? 내가 물어봐도 되겠니?" 진홍잉꼬가 말했다.

앨리스는 다이나에 대한 이야기라면 언제라도 할 준비가 되어 있었으므로 열을 내어 대답했다. "다이나는 우리 집 고양이야. 쥐를 잡는 데는 선수지. 너희는 상상도 못할걸! 새는 또 얼마나 잘 잡는데. 그 모습을 너희가 볼 수 있었으면……. 조그만 새는 보자마자 꿀꺽해버릴걸."

이 말에 일대 소란이 일어났다. 새들 중 몇 마리는 단숨에 날아가버렸고, 늙은 까치도 매우 조심스럽게 떠날 준비를 하며 말했다. "이젠 정말 집에 가야겠다. 밤공기가 내 목에 해롭거든." 카나리아는 떨리는 목소리로 새끼들을 불러 모았다. "어서 가자, 내 새끼들아! 잘 시간이란다." 동물들은 제각기 구실을 대며 그곳을 떠났고, 이내 앨리스 혼자 남게 되었다.

"다이나 이야기를 하지 말아야 했는데!" 앨리스가 우울한 목소리로 중얼거렸다. "여기서는 다들 다이나를 좋아하지 않는 것 같아. 하지만 난 다이나가 이 세상에서 가장 좋은 고양이라고 믿어. 아, 귀여운 다이나! 널 다시 볼 수 있을지 모르겠다!" 불쌍한 앨리스는 밀려드는 외로움과 절망 때문에 다시 울기 시작했다. 그런데 잠시 후 멀리서 뚜벅뚜벅 발소리가 다시 들렸다. 생쥐가 마음을 바꾸어 이야기를 마저 해주러 돌아오는 것이기를 간절히 바라며 앨리스는 고개를 들었다.

제4장 토끼가 꼬마 빌을 들여보내다

발소리의 주인공은 생쥐가 아니라 하얀 토끼였다. 토끼는 갔던 길을 천천히 되돌아오면서 마치 잃어버린 물건을 찾는 것처럼 주위를 두리번거리고 있었다. 토끼가 중얼거리는 소리가 들렸다. "공작 부인! 공작 부인! 오, 내 소중한 발들! 오, 내 털과 콧수염! 공작 부인이 날 가만두지 않을 게 틀림없어! 그나저나 도대체 그것들을 어디에다 흘린 거지?" 그 순간 앨리스는 토끼가 부채와 흰 장갑을 찾고 있음을 알아차렸고, 자신도 덩달아 그것들을 찾기 시작했다. 그러나 아무리 둘러보아도 부채와 장갑은 눈에 띄지 않았다. 앨리스가 눈물의 못에 빠졌던 일 뒤로 모든 것이 변해버린 것 같았다. 유리 탁자와 조그만 문이 있던 커다란 홀은 감쪽같이 사라져버렸다.

바로 그때 토끼는 부채와 장갑을 찾느라 이곳저곳을 기웃거리는 앨리스를 발견했고, 화난 목소리로 앨리스에게 소리쳤다. "아니, 메리 앤, 여기서 뭘 하는 거야? 당장 집으로 뛰어가서 내 장갑과 부채를 가져와. 빨리!" 앨리스는 너무나 깜짝 놀라서, 토끼의 실수를 지적해줄 생각도 못하고 바로 토끼가 가리키는 방향으로 달려가기 시작했다.

"내가 자기 집 하녀인 줄 알았나 봐." 앨리스가 달리면서 중얼거렸다. "내가 누군지 알게 되면 얼마나 놀랄까! 하지만 먼저 장갑과 부채를 가져다주는 게 좋을 거야. 내가 찾을 수 있을는지는 모르겠지만." 그 순간 앨리스는 대문에 '하얀 토끼'라는 산뜻한 놋쇠 문패가 걸려 있는 귀엽고 아담한 집 앞에 이르렀다. 앨리스는 진짜 메리 앤과 마주치면 장갑과 부채를 찾기도 전에 쫓겨날까 봐 노크도 하지 않고 들어가 위층으로 올라갔다.

"참 기가 막히는군!" 앨리스가 중얼거렸다. "내가 토끼의 심부름을 하고 있다니! 이러다가 우리 집 다이나까지 나에게 심부름을 시키겠어!" 앨리스는 곧 그런 상황을 상상하기 시작했다. "'앨리스 양, 빨리 와서 산책할 준비를 해줘.' '쥐가 도망치지 못하게 나 대신 쥐구멍을 지켜줘!' 고양이인 다이나가 사람에게 그런 식으로 명령을 하기 시작하면 사람들이 다이나를 집에 두게 하지 않을 거야."

이때 앨리스는 창가에 탁자가 있는 말끔하고 아담한 방으로 들어갔다. (앨리스가 바라던 대로) 탁자 위에는 부채 하나와 장갑 두세 켤레가 놓여 있었다. 앨리스가 부채와 장갑을 집어 들고 막 방을 나가려는데 거울 옆에 놓인 자그마한 병이 눈에 띄었다. 그 병에는 '나를 마셔' 라는 말이 적힌 라벨이 붙어 있지 않았지만, 앨리스는 주저 없이 뚜껑을 열고 입으로 가져갔다. "틀림없이 뭔가 재미있는 일이 일어날 거야. 뭘 마시거나 먹기만 하면 그랬으니까. 이번에는 어떨지 두고 보자. 이번에는 도로 몸이 커졌으면 좋겠어. 이렇게 작은 건 이제 정말 싫어!"

정말 그렇게 되었다. 게다가 속도도 생각보다 훨씬 빨랐다. 절반도 채 마시기 전에 앨리스는 머리가 천장에 부딪치는 것을 느꼈던 것이다. 목이 부러질까 봐 몸을 구부려야 했다. 앨리스는 서둘러 병을 내려놓으며 말했다. "이젠 됐어. 더 커지지는 말았으면 좋겠어. 그랬다가는 문을 빠져나갈 수 없을 거야. 너무 많이 마신 게 아니었으면 좋겠는데!"

맙소사! 그것은 때늦은 희망이었다. 앨리스는 계속해서 점점 더 커지고 있었고, 이내 무릎을 꿇어야 하는 상황이 되었다. 그리고 곧 그 자세로도 공간이 부족하게 되자, 이번에는 눕듯이 하여 한쪽 팔꿈치는 방문에 기대고 다른 팔은 뒤통수에 바짝 갖다 붙였다. 몸은 여전히 계속 커지고 있었고, 마지막 방책으로서 앨리스는 한쪽 팔은 창밖으로 내밀고 한쪽 발은 굴뚝을 통해 위로 뻗었다. "무슨 일이 생기든 더 이상은 어쩔 도리가 없어. 난 어떻게 되는 걸까?"

다행히도 작은 마법의 병이 효력을 다하여 몸이 더 이상은 커지지 않았다. 그러나 엄청나게 난처하기는 마찬가지였다. 이렇게 커진 몸으로는 방을 빠져나갈 가능성이 없을 것 같았

다. 앨리스는 기분이 나빴다.

"집에 있을 때가 훨씬 더 즐거웠어." 가엾은 앨리스가 생각했다. "집에서는 걸핏하면 몸이 커졌다 작아졌다 하는 일도 없고, 생쥐나 토끼에게 명령을 받는 일도 없잖아. 토끼 굴에 내려오는 게 아니었어……그렇지만……그렇지만……이런 인생이 더 흥미롭잖아! 앞으로 또 무슨 일이 일어날까? 난 동화책을 읽으면서 그런 일은 이 세상에서 절대로 일어나지 않는다고 생각했는데, 지금 여기서는 내가 그런 일의 주인공이 돼 있잖아. 내가 겪었던 일들을 책으로 만들어야 해. 내가 커서 어른이 되면 그 책을 쓸 거야……하지만 난 이미 다 커버렸는걸." 이어서 앨리스가 슬픈 목소리로 덧붙였다. "적어도 여기서는 더 자랄 공간이 없어."

"그렇다면……." 앨리스는 생각했다. "더 이상 몸이 커지지 않는다면 나이도 더 먹지 않게 될까? 그렇다면 할머니가 될 일이 없으니 한편으로는 꽤 괜찮은 일이지만……하지만 그러면……언제까지나 계속 공부를 해야 하잖아! 아니야, 그러면 안 돼!"

"멍청한 앨리스!" 앨리스가 자신에게 말했다. "여기서 어떻게 공부를 하니? 네 몸이 들어갈 공간도 모자라는데 교과서들 들여놓을 자리가 있겠니!"

그때부터 앨리스는 이 편이 됐다 저 편이 됐다 하며 둘인 듯이 대화를 이어갔다. 잠시 후 밖에서 어떤 목소리가 들리자 앨리스는 대화를 멈추고 귀를 기울였다.

"메리 앤! 메리 앤!" 목소리가 말했다. "당장 장갑을 가져와!" 이어서 계단을 올라오는 발소리가 들렸다. 앨리스는 그것이 자신을 찾으러 오는 토끼라는 것을 알고 덜덜 떨었다. 그 떨림 때문에 집이 흔들릴 정도였다. 앨리스는 이제 자신의 몸이 토끼보다 천 배는 커져서 토끼 따위를 두려워할 이유가 전혀 없다는 것을 잊고 있었다.

이윽고 방문 앞에 이른 토끼가 문을 열려고 했지만, 밀어야 열리는 그 문은 안에서 앨리스의 팔꿈치가 꽉 누르고 있어 꿈쩍도 하지 않았다. 토끼의 혼잣말 소리가 들렸다. "그렇다면 돌아 나가서 창문으로 들어갈 테다!"

"그렇게는 안 될걸!" 앨리스는 이렇게 생각하며 가만히 기다리다가, 창문 아래서 토끼의 기척이 느껴지자 잡아채려고 갑자기 손을 쫙 펴서 허공을 휘저었다. 손에 잡히는 건 아무 것

도 없었지만 어떤 작은 비명 소리, 떨어지는 소리, 그리고 유리 깨지는 소리가 들렸다. 그래서 앨리스는 토끼가 오이를 재배하는 온실이나 뭐 그런 것 위로 떨어졌나 보다고 생각했다.

이어서 토끼의 화난 목소리가 들렸다. "팻! 팻! 어디 있는 거야?" 그러자 처음 듣는 어떤 목소리가 대답했다. "여기 있습니다! 사과(沙果)를 연구하고 있습죠, 나리!"

"사과를 연구한다니, 어이가 없군!" 토끼가 화를 내며 말했다. "어서 와서 날 꺼내주지 못해?" (다시 유리 깨지는 소리.)

"이봐, 팻, 저 창문에 나와 있는 게 뭐냐?"

"그야 물론 팔입죠, 나리" (그는 '파알' 이라고 발음했다.)

"팔이라니, 멍청한 녀석! 저렇게 큰 팔이 어디 있냐? 창문에 꽉 찼잖아!"

"물론 그렇긴 합니다만요. 저건 틀림없는 팔입니다, 나리."

"좋아. 어찌됐든 상관없어. 당장 저걸 치우도록 해!"

그러고는 긴 침묵이 흘렀다. 소곤거리는 소리만이 드문드문 들렸다. 말하자면 이런 소리였다. "나리, 저는 정말 하기 싫어요. 정말, 정말요." "시키는 대로 해. 이 겁쟁이야!" 결국 앨리스는 다시 손을 펴 허공을 휘저었다. 이번에도 두 개의 작은 비명 소리, 그리고 다시 유리 깨지는 소리가 들렸다.

"도대체 오이 온실이 얼마나 많은 거야!" 앨리스가 생각했다. "이제 저것들이 어떻게 나올까? 날 여기서 끌어내려 하는 거라면 제발 그렇게 해줬으면 좋겠네. 나도 더는 여기에 있고 싶지 않으니까!"

한동안 더 이상 아무 소리도 나지 않았다. 그러다가 마침내 덜커덩거리는 수레바퀴 소리와 여러 명이 말을 하는 왁자지껄한 소리가 들려왔다. "다른 사다리는 어디 있어?――나는 하나밖에는 가져올 수 없었어. 또 하나는 빌이 갖고 있어――빌! 사다리 이리 가져와!――여기 이 구석에 세워――아니, 먼저 두 개를 이어야 해――하나로는 높이가 절반밖에 안 되거든――오! 두 개면 충분할 거야. 까다롭게 굴지 마――자 이제 올라가, 빌! 이 밧줄을 붙잡아――지붕이 버텨낼까?――저

헐거운 기왓장을 조심해——어, 기왓장이 떨어진다! 머리 숙여!" (요란하게 부서지는 소리)——"누가 그런 거야?——빌이겠지——누가 굴뚝 속으로 내려갈 거야?——난 싫어! 네가 해!——난 안 해!——그럼 빌이 가야겠네——이봐, 빌! 주인님이 너더러 굴뚝으로 내려가래!"

"아, 그럼 빌이 굴뚝으로 내려오겠구나." 앨리스가 말했다. "저것들은 모든 일을 빌에게만 떠넘기는 것 같군! 나는 적어도 빌처럼은 되지 말아야지. 이 벽난로는 정말 좁지만 약간의 발차기는 가능하겠어!"

앨리스는 발을 굴뚝 아래쪽으로 최대한 끌어당기고 기다렸다. 이윽고 어떤 조그마한 동물이(어떤 동물인지는 짐작이 가지 않았다) 굴뚝을 따라 기어오며 부스럭거리는 소리가 아주 가까워졌다. 그러자 앨리스는 "빌이로군!"이라고 중얼거리며 냅다 걷어찼다. 그러고는 어떤 일이 벌어질지 기대하며 가만히 기다렸다.

제일 먼저 "저기 빌이 날아간다!"라고 일제히 외치는 소리가 들렸고, 이어서 토끼의 말소리가 들렸다. "너희가 울타리가 되어서 빌을 받아!" 이어서 침묵. 이어서 다시 웅성거림. "빌의 머리를 받쳐줘. 이제 브랜디를 먹여. 숨 막히지 않게 해. 어떻게 된 거야, 빌? 무슨 일이야? 말을 해봐!"

마침내 끽끽거리는 연약한 목소리가 들려왔다("빌이로군" 하고 앨리스는 생각했다). "나도 뭐가 뭔지 모르겠어——이제 됐어, 고마워——이제 한결 나아졌어——하지만 너무 어리둥

절해서 할 말이 없어――내가 아는 건 오직 인형 상자처럼 뭔가가 갑자기 불쑥 튀어나왔고 내가 로켓처럼 하늘로 튀어 올라갔다는 것뿐이야!"

"그래, 정말 로켓 같았어!" 다른 이들이 말했다.

"우린 이 집을 태워 없애야 해!" 토끼가 말했다. 앨리스는 있는 힘껏 고함을 쳤다. "그러기만 해봐, 다이나를 불러 모두 혼내줄 테니까!"

갑자기 쥐 죽은 듯 조용해졌다. 앨리스는 생각했다. "다음엔 또 무슨 짓을 하려는 걸까? 저들이 생각이 있다면 지붕을 걷어낼 텐데." 잠시 후 그들이 다시 웅성거리기 시작했고 토끼가 말하는 소리가 들렸다. "손수레 한 대면 충분할 거야. 자, 시작해."

"손수레에 뭘 가져온 걸까?" 앨리스는 생각했다. 하지만 가만히 추측해볼 틈도 없이 곧바로 조그만 돌멩이들이 창문으로 빗발치듯 쏟아져 들어왔다. 그중 몇 개는 앨리스의 얼굴을 쳤다. "더 이상은 안 되겠네." 이렇게 중얼거리고서 앨리스는 고래고래 소리를 질렀다. "그만두는 게 좋을걸!" 그러자 다시 찬물을 끼얹은 듯 주위가 조용해졌다.

방 안을 둘러보던 앨리스는 깜짝 놀랐다. 바닥에 떨어진 돌멩이들이 모두 조그만 케이크로 변하고 있었던 것이다. 순간 어떤 생각이 퍼뜩 떠올랐다. "이 케이크를 하나 먹으면 분명 내 몸에 무슨 변화가 생길 거야. 아마도 더 커질 수는 없을 테니 틀림없이 작아질 거야."

얼른 과자 하나를 입에 집어넣은 앨리스는 곧바로 몸이 줄어들기 시작하는 것을 깨닫고 뛸 듯이 기뻤다. 몸이 문을 빠져나갈 수 있을 만큼 작아지자마자 앨리스는 집 밖으로 달려 나왔다. 밖에는 조그만 동물들과 새들이 모여 있었다. 그 무리 한가운데 가엾은 작은 도마뱀 빌이 누워 있었고, 기니피그 두 마리가 빌의 머리를 받쳐 들고서 병에 든 뭔가를 마시게 하고 있었다. 앨리스가 나타나자 그들이 우르르 달려왔다. 앨리스는 있는 힘껏 내달렸고, 곧 무성한 숲으로 들어가 몸을 숨길 수 있었다.

"가장 먼저 할 일은 원래의 내 키만큼 커지는 거야. 두 번째로 할 일은 그 아름다운 정원으로 들어가는 길을 찾는 거야. 이게 최고로 좋은 계획일 것 같아." 앨리스가 숲 속을 쏘다니며 혼잣말을 했다.

정말 그것은 탁월한 계획처럼 들렸다. 또한 매우 깔끔하고 간단해 보였다. 단 하나의 어려움은 그 계획을 어떻게 실행할 것인지 전혀 감을 잡을 수 없다는 것이었다. 앨리스가 나무들 사이에서 열심히 그 생각에 골몰해 있을 때 머리 위에서 날카롭게 짖는 작은 소리가 들렸다. 앨리스는 퍼뜩 고개를 들었다.

어마어마하게 큰 강아지 한 마리가 크고 동그란 두 눈으로 앨리스를 내려다보고 있었다. 강아지는 앞발 하나를 살짝 내밀어 앨리스를 건드려보려고 했다. "아이, 귀여워!" 앨리스가 어르는 목소리로 말했다. 휘파람을 불어주려 했지만 잘 되지 않았다. 하지만 앨리스는 강아지가 배가 고플지도 모른다는

생각에 내심으로는 계속 두려움에 떨고 있었다. 강아지가 배가 고프다면 앨리스가 아무리 다정하게 달래도 앨리스를 잡아먹어버릴 수 있는 일이었다.

어찌할 바를 모르고 있던 앨리스는 작은 나뭇가지 하나를 집어 들고 강아지에게 휘둘렀다. 강아지는 곧바로 껑충 뛰며 즐거운 듯한 소리를 내더니 나뭇가지로 달려들어 물고 늘어지려 했다. 달려드는 강아지에게 치일까 봐 앨리스는 커다란 엉겅퀴 덤불 뒤로 몸을 숨겼다. 앨리스가 다른 쪽에서 다시 모습을 드러내자 강아지는 또다시 나뭇가지를 향해 달려들었고, 나뭇가지를 잡으려고 허둥대다가 나자빠졌다. 앨리스는 이것이 마차 놀이와 비슷하다고 생각하며 매 순간 발밑에 깔릴까 봐 다시 덤불 뒤로 달려 들어갔다. 강아지는 매번 조금 앞으로 나갔다가 멀리 물러서기를 반복하면서 계속 거칠게 짖어대며 짧게짧게 나뭇가지를 공략했고. 그러다가 결국 저만치 떨어져 앉아 혀를 축 늘어뜨리고 큰 눈을 반쯤 감은 채 헐떡거렸다.

지금이 달아나기에 가장 좋은 기회일 것 같았다. 앨리스는 곧바로 내빼, 지치고 숨이 가쁠 때까지, 그리고 강아지 짖는 소리가 멀어져 희미해질 때까지 계속 달렸다.

"그래도 아주 귀엽게 생긴 녀석이었어!" 미나리아재비 줄기에 기대어 쉬면서 그 잎으로 부채질을 하던 앨리스가 말했다. "내 몸 크기만 정상이었으면 내가 그 강아지에게 재주를 아주 많이 가르쳐줬을 텐데! 아, 이런! 다시 커져야 하는 문제를 깜빡 잊고 있었네! 어쩌지? 뭔가를 먹거나 마시거나 해야 할 텐데. 하지만 문제는 그게 무엇이냐는 거지."

바로 그 '무엇'을 찾는 게 큰 문제였다. 앨리스는 꽃이나 풀잎 등 주위를 샅샅이 살펴보았지만, 그 상황에서 먹거나 마실 만한 것이라고는 아무 것도 발견하지 못했다. 근처에 앨리스의 키만 한 큰 버섯이 자라고 있었다. 버섯 아래도 살펴보고 버섯 기둥도 뒤쪽까지 다 살펴본 앨리스는 버섯 꼭대기에는 뭐가 있는지 살펴봐야겠다고 생각했다.

까치발로 서서 몸을 쭉 펴자 버섯의 가장자리가 보였다. 순간 앨리스는 커다란 푸른 애벌레와 눈이 마주쳤다. 애벌레는 버섯 꼭대기에 팔짱을 끼고 앉아 긴 담뱃대를 빨고 있었고, 앨리스에게든 다른 어떤 것에든 전혀 관심이 없어 보였다.

제5장 애벌레의 충고

애벌레와 앨리스는 잠깐 동안 아무 말 없이 서로를 쳐다보았다. 마침내 애벌레가 입에서 담뱃대를 빼더니 나른하고 졸린 목소리로 앨리스에게 말을 걸었다.

"너는 누구냐?" 애벌레가 물었다.

이것은 대화를 원활히 시작하기에 적당한 말은 아니었다. 앨리스는 다소 수줍게 대답했다. "난, 난 현재로서는 잘 모르겠어요——적어도 오늘 아침 잠자리에서 일어났을 때는 내가 누군지 알았지만, 그 이후로 내가 여러 번 바뀐 것 같아요."

"그게 도대체 무슨 소리야? 너 자신을 설명해봐!" 애벌레가 엄하게 말했다.

"미안하지만, 설명할 수가 없어요. 나는 내가 아니잖아요." 앨리스가 말했다.

"나는 모르지." 애벌레가 말했다.

"미안하지만, 더 분명하게 설명할 수가 없어요." 앨리스가 매우 정중하게 대답했다. "우선 내가 이해를 못하겠으니까요. 하루 동안에 하도 여러 번 몸이 커졌다 작아졌다 해서 정신이 하나도 없어요."

"그렇지 않아." 애벌레가 말했다.

"음, 아마 아직은 이해 못하시겠지만, 당신이 번데기로 변하고——언젠가 그렇게 변하게 돼 있거든요——또 그 다음에 나비로 변하는 때가 오면 그땐 당신도 그게 좀 이상하다고 느끼게 될 거예요. 그렇겠죠?" 앨리스가 말했다.

"천만에!" 애벌레가 말했다.

"음, 어쩌면 당신은 다르게 느낄지도 모르지요. 내가 아는 것이라곤 변할 때마다 기분이 아주 묘했다는 것뿐이에요." 앨리스가 말했다.

"너!" 애벌레가 경멸적으로 말했다. "넌 누구냐?"

이 말이 그들을 다시 대화의 처음으로 돌려놓았다. 앨리스는 애벌레의 너무나 짧은 대꾸에 조금 짜증이 나기 시작했다. 앨리스는 똑바로 서서 매우 진지하게 말했다. "당신이 누구인지부터 내게 밝혀야 한다고 생각해요."

"왜?" 애벌레가 말했다.

이건 또 하나의 곤란한 질문이었다. 그럴듯한 이유가 떠오르지 않는데다 애벌레의 기분이 매우 언짢아 보여서 앨리스는 그냥 돌아서버렸다.

"돌아와!" 애벌레가 앨리스의 뒤에 대고 소리쳤다. "해줄 중요한 얘기가 있어."

분명 희망적으로 들리는 얘기였다. 앨리스가 다시 돌아왔다.

"화를 참거라." 애벌레가 말했다.

"겨우 그거예요?" 앨리스는 가까스로 화를 억누르며 말했다.

"아냐." 애벌레가 말했다.

앨리스는 어차피 특별히 할 일도 없으니 기다려보자고, 또 어쩌면 애벌레가 정말로 유용한 얘기를 해줄지도 모른다고 생각했다. 한동안 담뱃대만 빠끔거리던 애벌레가 마침내 팔짱을 풀고 담뱃대를 입에서 뺀 다음 말했다. "그러니까 너는 네가 바뀌었다고 생각한다는 거지?"

"유감스럽지만 그래요." 앨리스가 말했다. "전에는 기억했던 것들을 이제는 기억하지 못하고……단 10분간도 같은 크기로 있지 못해요!"

"어떤 것을 기억하지 못하는데?" 애벌레가 말했다.

"아무리 '어떻게 이 부지런한 꼬마 벌이' 라고 암송하려 해도 입에서는 다른 말이 나와버려요!" 앨리스가 몹시 슬픈 목소리로 말했다.

" '이젠 늙으셨어요, 윌리엄 신부님' 을 외워봐."

애벌레가 엄격한 선생님 같은 말투로 말했다. 애벌레가 말했다.

앨리스는 양손을 맞잡고 외우기 시작했다.

"이젠 늙으셨어요, 윌리엄 신부님." 젊은이가 말했네.

"머리카락도 하얗게 세셨고요.
그래도 여전히 물구나무서기를 하시는군요.
신부님의 나이에 그런 일이 어울린다고 생각하세요?"

"젊었을 때에는" 윌리엄 신부가 젊은이에게 대답했네.
"그렇게 하면 머리를 다칠까 봐 두려웠단다.
하지만 지금은 분명 머릿속에 아무 것도 없으니
그냥 하고 또 하는 거란다."

"이젠 늙으셨어요." 젊은이가 다시 말했네.
"전에도 말씀드렸지만 게다가 너무 살도 찌셨고요.
그런데도 집에 돌아오시면 공중제비를 도시다니

맙소사, 대체 왜 그러시나요?"

"젊었을 때에는" 슬기로운 분이 백발을 흔들며 다시 말했네.
"팔다리를 언제나 유연하게 했었지.
이 고약을 발랐어——한 상자에 1실링이란다——
너도 내게서 두어 상자쯤 사지 않을래?"

"이젠 늙으셨어요." 젊은이가 또다시 말했네.
"턱도 너무 약해서 비계처럼 부드러운 것이나 드실 수 있어요.
그런데도 거위를 뼈 하나 남김없이 통째로 드시니
맙소사, 비결이 뭐죠?"

"젊었을 때에는" 아버지가 말했네.

"재판소에 가서 사사건건 마누라와 입씨름을 벌여

턱에 강한 근육이 생겼지.

지금도 이렇게 튼튼하단다."

"이젠 늙으셨어요." 젊은이가 말했네.

"시력이 여전히 그렇게 좋으시다는 걸,

아직도 뱀장어를 콧등에 세우실 수 있다는 걸 사람들은 상상도 못할 거예요.

어떻게 그러실 수 있는 거죠?"

"세 가지나 대답을 했으니 그것으로 충분해."

아버지가 화를 냈네. "잘난 체하지 말아라.
하루 종일 그런 쓸데없는 말을 들어줄 줄 알았니?
저리 가버려, 그렇지 않으면 층계 밑으로 걷어차버릴 테다!"

"틀렸어." 애벌레가 말했다.

"아주 많이 틀렸을걸요." 앨리스가 풀이 죽어 말했다. "단어 몇 개가 바뀌었어요."

"처음부터 끝까지 틀렸어." 애벌레가 단호하게 말했다. 한동안 침묵이 흘렀다.

침묵을 깬 것은 애벌레였다.

"얼마나 커지고 싶지?" 애벌레가 물었다.

"중요한 것은 크기가 아니에요." 앨리스가 급히 대답했다. "자기 몸이 그렇게 자주 변하는 걸 누가 좋아하겠어요? 그렇잖아요?"

"나는 모르지." 애벌레가 말했다.

앨리스는 입을 다물어버렸다. 지금껏 살면서 이렇게 반박을 많이 당하기는 처음이었다. 앨리스는 인내심이 다해가는 것을 느꼈다.

"지금 키는 마음에 드니?" 애벌레가 물었다.

"가능하다면 조금 더 컸으면 좋겠어요." 앨리스가 말했다. "7센티미터는 너무 비참한 키가 아닐까요?"

"무슨, 아주 좋은 키인데!" 애벌레가 성난 목소리로 말하면서 몸을 벌떡 일으켰다(애벌레의 키는 정확하게 7센티미터였다.)

"하지만 난 그 키에 익숙하지 않다고요!" 가엾은 앨리스가 애처로운 목소리로 말했다. 그리고 속으로 생각했다. "제발 동물들이 그렇게 쉽게 성을 내지 않았으면 좋겠네."

"머지않아 익숙해질 거야." 애벌레가 말하고는 다시 담뱃대를 입에 물었다.

앨리스는 애벌레가 다시 입을 열 때까지 참을성 있게 기다렸다. 잠시 후 입에서 담뱃대를 뺀 애벌레는 하품을 두어 번 늘어지게 한 다음 몸을 부르르 떨었다. 그러고는 버섯에서 내려와 풀숲으로 기어가버렸다. 애벌레가 가면서 한 말은 단지 이뿐이었다. "한쪽은 너를 크게 할 것이고 다른 쪽은 너를 작게 할 거야."

"도대체 무엇의 한쪽과 다른 쪽이라는 거야?" 앨리스가 속으로 생각했다.

"버섯 말이야." 앨리스의 속마음을 읽기라도 한 듯 애벌레가 이렇게 말했다. 잠시 후 애벌레는 완전히 모습을 감췄다.

홀로 남은 앨리스는 한동안 버섯을 바라보며 버섯의 양쪽 면을 구별해보려 했으나 쉽지가 않았다. 버섯은 완벽하게 원통형으로 생겼기 때문이었다. 결국 앨리스는 두 팔을 최대한 벌려 버섯 기둥을 감싸고는 양손 끝에 닿는 버섯을 조금씩 뜯어냈다.

"자, 그럼 이제 어느 게 어느 건지 알아볼까?" 앨리스가 말하고는, 효과를 시험해보기 위해 우선 오른손에 든 버섯을 조금 뜯어 먹었다. 다음 순간 앨리스는 턱 아래에서 거칠게 쿵 하는 충격을 느꼈다. 앨리스의 턱이 앨리스의 발과 맞부딪친 것이었다!

앨리스는 대단히 갑작스러운 이 변화에 크게 겁을 먹었다. 하지만 몸이 빠르게 줄어들고 있으므로 지체할 시간이 없다는 것을 알았다. 앨리스는 즉시 다른 손의 버섯을 조금 먹으려 했다. 턱이 발에 거의 붙어 있어서 좀처럼 입을 벌릴 수가 없었다. 가까스로 입을 벌려 왼손에 든 버섯 한 조각을 삼켰다.

*　*　*　*　*　*

*　*　*　*　*

*　*　*　*　*　*

"아, 이제야 머리를 마음대로 움직일 수 있구나!" 앨리스가 기쁜 목소리로 말했다. 하지만 자기의 어깨가 어디 있는지 보이지 않는다고 깨닫는 순간 그 기쁨의 소리는 비명으로 바뀌고 말았다. 아래를 내려다보니 보이는 것이라고는 저 멀리 아득한 곳에 바다처럼 펼쳐진 녹색 나뭇잎들과 그 위로 등대처럼 솟아오른 엄청나게 긴 자신의 목뿐이었다.

"저 아래 있는 녹색의 것은 대체 뭐지?" 앨리스가 말했다. "그리고 내 어깨는 도대체 어디에 있을까? 아 불쌍한 내 손들은 어째서 보이지 않는 거지?" 앨리스는 중얼거리면서 손을 움직여 보았으나, 저 멀리 있는 초록색 나뭇잎들 속에서 작은 흔들림이 일 뿐 아무 것도 보이지 않았다.

그런 상황이다 보니 두 손을 얼굴로 올리기란 거의 불가능해 보였다. 앨리스는 손을 향해 머리를 숙여보았다. 목이 마치 뱀처럼 어느 방향으로나 쉽게 구부러지는 것을 보고 앨리스는 기뻤다. 앨리스는 목을 구불구불 멋지게 늘어뜨리며 계속 나뭇잎들 사이로 파고 들어갔다. 녹색 바다 같았던 것이 단지 나무 꼭대기의 나뭇잎들이라는 것을 앨리스는 알게 되었다. 조금 전만 해도 그 나무들 아래에서 돌아다녔던 앨리스였다. 이때 어떤 날카로운 소리가 들려 앨리스는 급히 얼굴을 젖혔다. 큰 비둘기 한 마리가 앨리스의 얼굴로 달려들더니 날개로 얼굴을 세차게 후려쳤다.

"뱀이다!" 비둘기가 소리쳤다.

"난 뱀이 아니야!" 앨리스가 화를 내며 말했다. "날 내버려 둬!"

"다시 말하지만, 뱀이다!" 비둘기가 거듭 말했다. 그러나 이번에는 한층 누그러진 목소리였다. 이어서 비둘기가 울먹이는 소리로 덧붙였다. "아무리 찾아봐도 그 녀석들에게 적당한 장소가 없어."

"무슨 소린지 하나도 모르겠다."

"나무뿌리에도 시도해보고, 강기슭에도 시도해보고, 산울타리에도 시도해봤지만……." 앨리스는 안중에도 없는 듯 비둘기가 계속 말했다. "그러나 그놈의 뱀들! 뱀들에게는 당할 수가 없어."

앨리스는 갈수록 영문을 알 수 없었으나, 비둘기가 이야기를 끝낼 때까지는 무슨 말을 해도 소용이 없겠다는 생각이 들었다.

"알을 품는 것만 해도 힘이 드는데, 밤낮으로 뱀들을 감시하기까지 해야 한다고! 정말이지, 3주 동안 눈 한번 붙이지 못했어!" 비둘기가 말했다.

"고생이 심했구나. 안됐다." 그제야 비둘기의 말을 이해하기 시작한 앨리스가 말했다.

"그래서 이번에는 숲에서 가장 높은 나무를 골랐는데……." 비둘기가 비명에 가깝게 높아진 목소리로 이야기를 계속했다. "그래서 드디어 마음을 놓아도 되겠구나 생각했는데, 갑자기 하늘에서 꾸무럭거리며 내려오다니! 으악, 뱀!"

"하지만 난 뱀이 아니라고 했잖아!" 앨리스가 말했다. "난……난……."

"말해봐! 넌 뭔데?" 비둘기가 말했다. "거짓말을 꾸며댈 속셈이겠지!"

"난……난 여자 애야." 앨리스가 오늘 하루만 해도 몇 번을 변했는지를 떠올리면서 조금은 미심쩍은 말투로 말했다.

"꽤나 그럴싸하군그래!" 비둘기가 아주 경멸스럽다는 말투로 말했다. "난 이제껏 여자 애들을 수없이 봐왔지만 너 같은 목을 가진 아이는 본 적이 없어! 아니야, 아니야! 넌 뱀이야! 아무리 아니라고 해도 소용없어. 다음엔 알 같은 건 입에 대본 적도 없다고 하겠지?"

"알들은 틀림없이 먹어봤어." 매우 진실한 어린이인 앨리스가 말했다. "하지만 여자 애들도 뱀 못지않게 알들을 엄청 많이 먹는단 말이야."

"믿을 수 없어!" 비둘기가 말했다. "하지만 만약 그렇다면 여자 애들도 일종의 뱀이라고밖에 말할 수 없어!"

앨리스에게는 이것이 아주 새로운 발상으로 보였고, 그래서 앨리스는 잠시 동안 침묵했다. 이 틈을 이용해 비둘기가 덧붙였다. "넌 알들을 찾고 있는 거야. 내 눈은 못 속여. 네가 뱀인지 여자 아인지는 나와는 상관없는 일이야!"

"나에게는 아주 중요한 일이야." 앨리스가 서둘러 말했다. "하지만 나는 알들을 찾고 있는 게 아니야. 그렇다 해도 네 알은 싫어. 날것은 좋아하지 않는다고!"

"그렇다면 냉큼 가버려!" 비둘기가 언짢은 말투로 말하고는 다시 제 둥지로 날아가 앉았다. 앨리스는 나무들 사이에서 한껏 몸을 움츠렸다. 계속해서 목이 나뭇가지에 얽히는 바람에 매번 움직임을 멈추고 목을 풀어줘야 했기 때문이다. 잠시 후 앨리스는 자기가 아직 버섯 조각들을 손에 들고 있다는 것을 기억했다. 앨리스는 매우 조심스럽게 한쪽 손의 버섯을 뜯어 먹었다가 다른 쪽 손의 버섯을 뜯어 먹었다가 하며 키가 커졌다 작아졌다 하기를 반복했고, 그러다가 마침내 자신의 본래 키로 돌아오는 데 성공했다.

너무 오랜만에 평소의 키로 돌아와서 처음에는 매우 어색한 기분이 들었다. 그러나 앨리스는 곧 익숙해졌고, 여느 때처럼 혼잣말을 하기 시작했다. "자, 이제 계획의 절반은 이루어졌어! 이렇게 몸이 자꾸 바뀌는 건 정말 당황스러운 일이야. 나중에 또 어떻게 변할지 알 수 없고! 하지만 어쨌든 제 모습으로 돌아왔으니까 이제 할 일은 그 아름다운 정원으로 들어가는 거야. 그런데 어떻게 해야 하지?" 이렇게 말하는 순간 어느새 앨리스는 어떤 탁 트인 공간에 와 있었다. 그곳에는 높이가 1미터 20센티미터쯤 되는 작은 집이 들어서 있었다. "저 집에 누군가가 살고 있을까?" 앨리스가 생각했다. "이만 한 몸으로 그들을 만나서는 절대 안 돼. 그들이 겁먹을 테니까!" 그래서 앨리스는 오른손의 버섯을 다시 조금씩 뜯어 먹기 시작했다. 그리고 키가 22센티 정도 되었을 때 그 집으로 다가갔다.

제6장 돼지와 후추

앨리스가 잠시 동안 그 집을 바라보며 이제 어떻게 할까 궁리하고 서 있는데, 갑자기 제복 입은 하인 하나가 숲에서 달려 나오더니——(앨리스는 그 남자의 제복 때문에 그를 하인으로 간주했지만, 그의 얼굴만 보고 판단했다면 그를 물고기라고 불렀을 것이다)——주먹으로 그 집 대문을 쾅쾅 두드렸다. 그러자 둥근 얼굴에 개구리처럼 눈이 크고 툭 튀어나온 또 다른 하인이 문을 열었다. 앨리스는 그 두 하인이 온통 곱슬곱슬한 머리에 가루분을 잔뜩 뿌린 것을 알아보았다. 무슨 일인지 매우 호기심을 느낀 앨리스는 얘기를 엿듣기 위해 숲 밖으로 살금살금 기어 나왔다.

물고기 얼굴의 하인이 팔 밑에서 거의 자기 몸만큼이나 큰 편지를 꺼내 개구리 얼굴의 하인에게 건네며 제법 엄숙한 목소리로 말했다. "공작 부인에게 여왕 폐하께서 보내신 크로케

경기 초대장입니다." 그러자 개구리 하인이 똑같이 엄숙한 목소리로, 단어의 순서만 조금 바꾸어 대답했다. "여왕 폐하께서 공작 부인에게 보내신 크로케 경기 초대장이군요."

그러고 나서 두 하인은 깊이 머리를 숙여 절을 했고, 이 바람에 그들의 곱슬머리가 함께 엉켜버렸다.

그 장면을 바라보던 앨리스는 숨이 막힐 정도로 웃었고, 그 소리가 그들에게 들릴까 봐 황급히 숲 속으로 몸을 숨겼다. 앨리스가 다시 슬쩍 엿보니 물고기 하인은 가고 없었고, 개구리 하인만이 현관 앞에 주저앉아 멍하니 하늘을 올려다보고 있었다.

앨리스는 조심스럽게 다가가 문을 두드렸다.

"두드려도 소용없어." 개구리 하인이 말했다. "두 가지 이유에서지. 첫째로는 내가 너처럼 문 밖에 있기 때문이고, 둘째로는 집안이 몹시 소란스러워서 문 두드리는 소리를 아무도 듣지 못할 것이기 때문이야." 확실히 집안에서 굉장히 시끄러운 소리가 들려오고 있었다. 울부짖는 소리, 재채기하는 소리, 접시나 주전자가 깨지는 듯한 커다란 쨍그랑 소리 등등이 끊이지 않고 들려왔다.

"그렇다면 어떻게 해야 제가 안으로 들어갈 수 있을까요?" 앨리스가 말했다.

"만일 우리 사이에 문이 있다면 노크하는 것이 의미가 있겠지." 개구리 하인이 앨리스에게는 신경도 쓰지 않고 계속 말했다. "가령 네가 안에서 문을 두드린다면 내가 문을 열어 너를 밖으로 내보내줄 수 있지." 개구리 하인은 말하는 동안 내내 하늘을 올려다보고 있었다. 앨리스는 그것이 무례한 태도라고 생각했다. "하지만 눈이 저렇게 거의 머리 꼭대기에 붙어 있으니 어쩔 수 없는 건지도 몰라." 앨리스는 속으로 이렇게 중얼거리고는 다시 큰 소리로 물었다. "어떻게 해야 안으로 들어갈 수 있죠?"

"난 여기 앉아 있을 거야. 내일까지" 개구리 하인이 말했다.

바로 그 순간 문이 벌컥 열리더니 커다란 접시 하나가 그의 얼굴로 곧장 날아왔다. 접시는 아슬아슬하게 그의 코를 스치고 지나가 그의 뒤에 있던 나무들 중 하나에 부딪혀 산산조각이 났다.

"아니면 모레까지……." 개구리 하인은 마치 아무 일도 없었던 것처럼 변함없는 목소리로 말을 이었다.

"어떻게 해야 안으로 들어갈 수 있냐고요?" 앨리스가 다시 한번 큰 소리로 물었다.

"정말 들어가고 싶어?" 개구리 하인이 말했다. "그게 가장 중요한 문제거든."

그야 맞는 말이었다. 단지 앨리스는 그런 식으로 말하는 것이 마음에 들지 않았다. "동물들의 말하는 방식은 정말로 지긋지긋해. 정말 사람 미치게 한다고!" 앨리스가 속으로 투덜댔다.

개구리 하인은 자기가 한 말을 다양하게 변형시켜볼 좋은 기회를 만났다고 여기기라도 하는 것 같았다. "난 여기 앉아

있을 거야. 때때로, 며칠 동안이라도."

"그럼 난 어떻게 해야 하죠?"

"좋을 대로 해." 개구리 하인이 말하고는 휘파람을 불기 시작했다.

"이 사람에게는 얘기해봐야 소용없겠어. 완전히 바보천치인걸!" 앨리스가 낙담하여 말하고는 직접 문을 열고 안으로 들어갔다.

문을 여니 곧장 커다란 부엌이 나왔는데, 부엌은 끝에서 끝까지 연기로 자욱했다. 공작 부인은 부엌 한가운데에서 다리가 세 개뿐인 등받이 없는 의자에 앉아 아기를 달래고 있었다.

요리사는 화덕 앞에서 수프가 가득 든 커다란 솥을 휘젓고 있었다.

"수프에 후춧가루를 너무 많이 넣었나 봐!" 앨리스가 재채기를 해대며 중얼거렸다.

확실히 방 안의 공기가 너무 매웠다. 공작 부인마저 이따금 재채기를 했다. 아기는 말할 것도 없이 한시도 쉬지 않고 재채기를 하며 울부짖고 있었다. 그 부엌에서 재채기를 하지 않는 존재는 오직 요리사와 벽난로 위에 누워 입이 찢어져라 웃고 있는 커다란 고양이뿐이었다.

"저, 궁금해서 그러는데요……." 앨리스는 자기가 먼저 말을 거는 것이 예의에 어긋나는 일인지 아닌지 잘 몰라서 조심스럽게 말했다. "왜 저 고양이는 저렇게 웃고 있나요?"

"체셔 고양이니까 그렇지." 공작 부인이 대꾸했다. "그게 이유야. 돼지야!"

공작 부인이 너무나 갑자기 화난 말투로 마지막 말을 내뱉었기 때문에 앨리스는 화들짝 놀랐다. 그러나 곧 그것이 자신이 아니라 아기에게 한 말임을 깨닫고 용기를 내어 다시 입을 열었다.

"체셔 고양이가 항상 이를 드러내고 웃는 줄은 몰랐어요. 사실 전 고양이가 웃을 수 있다는 것조차 몰랐어요."

"고양이들은 다 웃을 수 있어." 공작 부인이 말했다. "그리고 대부분의 고양이가 웃지."

"저는 웃는 고양이는 하나도 모르는걸요." 이렇게 대화를 하게 된 것을 기뻐하며 앨리스가 매우 공손하게 말했다.

"넌 모르는 게 아주 많구나. 그리고 그것은 하나의 사실이다." 공작 부인이 말했다.

앨리스는 공작 부인의 말투가 영 마음에 들지 않았지만, 화제가 바뀌면 나아질 거라고 생각했다. 앨리스가 다른 화제를 하나 생각해내려고 애쓰는 동안, 화덕에서 수프 솥을 내려놓은 요리사가 느닷없이 닥치는 대로 물건들을 집어 들어 공작 부인과 아기를 향해 던지기 시작했다. 먼저 부젓가락이 날아왔다. 그런 다음 스튜 냄비, 쟁반, 접시들이 빗발치듯 마구 쏟아졌다. 공작 부인은 그 물건들에 맞으면서도 전혀 개의치 않았고, 아기는 그 전부터 이미 엄청나게 울어대고 있었으므로 접시에 맞아서 우는 것인지 아닌지 알 수 없었다.

"아, 제발 그만두지 못해요!" 눈앞의 무서운 광경에 놀란 앨리스가 펄쩍펄쩍 뛰며 소리쳤다. "이봐요, 아기 코에 맞겠어요!" 어마어마하게 큰 스튜 냄비가 아기를 향해 날아오다가 아슬아슬하게 비껴갔다.

"모든 사람이 자기 일에만 신경 쓰면 세상이 지금보다 훨씬 더 빨리 돌아갈 텐데." 공작 부인이 쉰 목소리로 투덜거렸다.

"그렇다고 좋을 게 없는걸요." 앨리스가 자기 지식을 조금이라도 뽐낼 기회가 생긴 것에 매우 기뻐하며 말했다. "낮과 밤이 어떻게 될지 생각해보세요! 지구가 지축을 중심으로 한 바퀴 도는 데 24시간이 걸려요……."

"도끼[6]가 어쨌다고?" 공작 부인이 말했다. "이 아이의 목을 쳐버려라!"

앨리스는 혹시 요리사가 그 말을 알아들었는지 확인하려고 불안한 눈빛으로 요리사를 힐긋 쳐다보았다. 그러나 요리사는 수프를 젓느라 바빴고, 이야기를 듣고 있는 것 같지 않았다. 그래서 앨리스는 다시 말했다. "24시간일 거예요. 아니, 12시간인가? 저는……."

"시끄러워. 난 숫자는 정말 질색이야!" 공작 부인은 이렇게 말하고 다시 아기를 어르기 시작했다. 공작 부인은 자장가 같은 노래를 부르면서 한 소절이 끝날 때마다 아기를 난폭하게 흔들어댔다.

너의 어린 아들에게 거칠게 말해라.
그리고 재채기를 하면 때려줘.
아이는 떼를 쓰려고 재채기를 할 뿐이라네.
그것이 성가시다는 것을 알고 있으니.

합창
(요리사와 아이가 함께)
와! 와! 와!

2절을 부르는 동안 공작 부인은 아기를 계속 거칠게 위아래로 흔들었고 불쌍한 어린 것은 자지러지게 울어댔다. 앨리스는 노래 가사를 거의 알아들을 수가 없었다.

나는 아기에게는 엄하게 말하고
재채기를 하면 때려주지.
아기는 아주 후추를 잘 먹을 수 있지.
아이가 원한다면 말이야.

합창
와! 와! 와!

"자, 원한다면 네가 한번 아이를 얼러봐." 공작 부인이 이렇게 말하며 아기를 앨리스에게 내던졌다. "난 여왕 폐하의 크로케 경기에 갈 채비를 해야겠다." 그녀가 서둘러 방을 나갔다. 요리사가 공작 부인의 뒤에 대고 프라이팬을 던졌지만 빗나갔다.

앨리스는 아기를 안는 것이 힘들었다. 아기는 괴상하게 생긴데다 팔다리를 사방으로 뻗고 있었다. 그런 아기를 보며 앨리스는 불가사리 같다고 생각했다. 앨리스가 아기를 받았을 때 그 불쌍한 어린 것은 증기 기관차의 엔진처럼 거칠게 꿀꿀거리고 있었고, 계속해서 몸을 접었다 폈다 했다. 그래서 앨리스는 처음 일이 분 동안은 그저 아기를 최대한 꼭 붙들고 있어야 했다.

아기를 제대로 안아 들자마자(즉 애를 일종의 매듭처럼 꼬아서 오른쪽 귀와 왼쪽 발을 꼭 붙잡음으로써 다시 펼쳐지지 않게 안는 것) 앨리스는 밖으로 나갔다. "내가 이 아기를 데려가지 않으면, 그들이 하루 이틀 내에 아기를 죽이고 말 거야. 그러니 아기를 두고 가는 것은 살해 행위나 마찬가지가 아닐까?" 앨리스가 마지막 말을 소리 내어 말하자 그 어린 것이 대답이라도 하듯 꿀꿀거렸다(어느새 아기의 재채기는 그쳐 있었다). "꿀꿀거리지 마!" 앨리스가 말했다. "그런 식으로 너를 표현하는 것은 좋지 않아."

아기가 다시 꿀꿀거리자 앨리스는 어디가 아픈가 싶어 걱정스럽게 아기의 얼굴을 자세히 살펴보았다. 확실히 그 아기는 진짜 코보다는 돼지코에 훨씬 더 가까운, 많이 들어 올려진 들창코를 갖고 있었다. 눈 또한 아기치고는 아주 작았다. 앨리스는 아기의 생김새가 전혀 마음에 들지 않았다. "어쩌면 너무 울어서 이렇게 됐는지도 몰라." 이렇게 생각한 앨리스는 눈물 흘린 자국이 있는지 보려고 다시 아기의 눈을 들여다보았다.

그러나 눈물 자국은 전혀 보이지 않았다. "아가야, 네가 돼지로 변하고 있는 거

라면 난 너에게 더 이상 아무 것도 해줄 수 없을 거야. 내 말을 알겠니?" 앨리스가 심각하게 말했다. 불쌍한 어린 것이 다시 훌쩍거렸다(혹은 꿀꿀거렸다. 딱히 어느 쪽이라 말할 수가 없었다). 그들은 한동안 말없이 나아갔다.

앨리스가 생각하기 시작했다. "이 괴상하게 생긴 아기를 집에 데리고 가면, 그 다음엔 이 아기를 어떻게 하지?" 다시 아기가 요란스럽게 꿀꿀거렸다. 그 소리가 너무 커서 앨리스는 깜짝 놀라 아기의 얼굴을 내려다보았다. 이번에는 정말 의심의 여지가 없었다. 그것은 영락없는 돼지였다. 앨리스는 돼지를 계속 안고 간다는 것은 무척이나 바보 같은 짓이라고 생각했다.

그래서 앨리스는 그 어린 것을 땅에 내려놓았다. 그것이 조용히 숲 속으로 뛰어가는 것을 보자 앨리스의 마음이 한결 홀가분해졌다. "저 아이가 크면 보나 마나 아주 못생긴 아이가 될 거야. 하지만 돼지치고는 꽤 잘생겼지." 앨리스는 자기가 아는, 매우 돼지처럼 굴 가능성이 있는 어떤 아이들을 생각하며 중얼거렸다. "그 애들을 변화시킬 좋은 방법을 누가 알고 있기만 하다면……." 바로 그때 앨리스는 몇 미터 앞에 있는 나무의 큰 가지 위에 체셔 고양이가 앉아 있는 것을 보고 조금 놀랐다.

고양이는 앨리스를 보면서 그저 웃고 있었다. 마음씨가 좋아 보인다고 앨리스는 생각했다. 하지만 그 고양이도 긴 발톱과 커다란 많은 이빨들을 갖고 있었으므로 앨리스는 고양이

를 조심스럽게 대해야 한다고 느꼈다.

"체셔 고양이야." 고양이가 그 이름을 좋아할지 싫어할지 몰라 앨리스는 조금 자신 없는 목소리로 입을 열었다. 그러나 고양이는 그저 입을 좀 더 벌려 웃을 뿐이었다. "자, 지금까지는 좋아!" 앨리스가 생각하고 다시 말을 이었다. "내가 여기서 어느 길로 가야 할지 말해줄래?"

"그거야 네가 가고 싶은 곳이 어디냐에 달렸지." 고양이가 말했다.

"난 어디든 별로 상관없어……." 앨리스가 말했다.

"그럼 어느 길로 가도 괜찮아." 고양이가 말했다.

"어디에든 도착하게만 된다면……." 앨리스가 설명하듯 덧붙였다.

"오, 네가 충분히 멀리 가기만 하면 틀림없이 어딘가에 도착하게 될 거야." 고양이가 말했다.

이것이 부정할 수 없는 말임을 깨달은 앨리스는 이번에는 다른 질문을 해보았다. "이 근처에는 어떤 사람들이 살고 있지?"

고양이가 오른쪽 앞발을 흔들며 말했다. "이쪽으로 가면 모자 장수가 살고 있어." 이번엔 왼쪽 앞발을 흔들며 말했다. "저쪽으로 가면 '3월의 토끼'가 살고 있지, 네가 가고 싶은 곳으로 가보렴. 그들 둘 다 미쳤지만 말이야."

"미친 사람들에게는 가고 싶지 않아." 앨리스가 도리질하며 말했다.

"아, 그래도 어쩔 수가 없어." 고양이가 말했다. "여기서 우리는 모두 미친 사람들이니까. 나도 미쳤고, 너도 미쳤고."

"내가 미쳤는지 어떻게 알아?" 앨리스가 말했다.

"틀림없이 넌 미쳤어." 고양이가 말했다. "그렇지 않으면 여기 오지 않았을 테니까."

앨리스는 수긍할 수 없었으나 계속 말을 이었다. "그럼 넌 네가 미쳤다는 것을 어떻게 알지?"

"우선, 개는 미치지 않았어. 너도 그건 인정하지?" 고양이가 말했다.

"그래." 앨리스가 말했다.

"그런데 개는 화가 나면 으르렁거리고 기분이 좋으면 꼬리를 흔들지? 한데 나는 기분이 좋으면 으르렁거리고 화가 나면 꼬리를 흔들어. 그러니까 난 미친 거야." 고양이가 말했다.

"그건 으르렁거린다고 하는 게 아니고 가르랑거린다고 하는 거야."

"너 좋을 대로 말하렴. 그런데 오늘 여왕님의 크로케 경기에 너도 참가하니?" 고양이가 말했다.

"그랬으면 정말 좋겠지만 나는 초대받지 못했어." 앨리스가 말했다.

"거기에 오면 날 볼 수 있을 거야." 고양이는 이렇게 말하고 사라져버렸다.

이제 이상한 일에 익숙해질 대로 익숙해진 앨리스는 별로 놀라지 않았다. 앨리스가 고양이가 앉아 있던 자리를 한동안

바라보고 있는데 갑자기 고양이가 다시 나타났다.

"그나저나 아기는 어떻게 됐지? 물어보는 걸 깜빡 잊을 뻔했네." 고양이가 말했다.

"돼지로 변해버렸어." 앨리스는 마치 고양이가 다시 돌아올 줄 알았다는 듯이 매우 태연하게 대답했다.

"그럴 줄 알았어." 고양이가 말하고는 다시 사라졌다.

앨리스는 고양이가 다시 나타나기를 은근히 바라며 잠시 기다렸지만 고양이는 나타나지 않았다. 잠시 후 앨리스는 '3월의 토끼'가 산다는 곳을 향해 걷기 시작했다. "모자 장수들은 전에도 봤거든." 앨리스는 혼잣말로 중얼거렸다. "3월의 토끼가 더 재미있을 거야. 그리고 지금이 5월이니까 아무래도 3월처럼 헛소리를 할 정도로 미쳐 있진 않겠지." 앨리스가 이렇게 중얼거리며 고개를 쳐들었는데 고양이가 다시 나뭇가지 위에 앉아 있었다.

"아까 '돼지pig' 라고 했어, '무화과fig' 라고 했어?" 고양이가 말했다.

"'돼지' 라고 했어!" 앨리스가 대답했다. "그런데 그렇게 갑자기 나타났다 사라졌다 하지 말았으면 좋겠어. 너무 정신이 없잖아!"

"알았어." 고양이는 이렇게 말하고, 이번에는 꼬리 끝부터 서서히 사라지기 시작해 웃는 입을 끝으로 완전히 사라졌다. 고양이의 웃는 입은 고양이 몸의 다른 부분이 사라진 뒤에도 한동안 남아 있다가 사라졌다.

"웃지 않는 고양이는 자주 봤지만, 고양이 없이 웃는 입은 본 적이 없어. 살다가 이렇게 이상한 일은 처음이야!"

얼마 가지 않아서 3월의 토끼의 집을 발견할 수 있었다. 굴뚝들이 토끼의 귀처럼 생기고 지붕에 토끼털을 인 집이어서 앨리스는 그것이 분명 그 토끼의 집일 거라고 생각했다. 집이 너무 컸으므로, 앨리스는 왼쪽 손에 있는 버섯을 조금 먹어 몸을 대략 60센티미터 정도로 키운 뒤에 가까이 가고 싶었다. 키가 커지고 나서도 앨리스는 조금 불안한 마음으로 그 집을 향해 걸어갔고, 이렇게 중얼거렸다. "토끼가 미쳐서 몹시 사나울지도 몰라. 모자 장수의 집으로 갈걸 그랬나 봐!"

제7장 미치광이들의 다과회

그 집 앞 나무 밑에는 식탁이 놓여 있었고 거기서 3월의 토끼와 모자 장수가 차를 마시고 있었다. 그들 사이에 겨울잠쥐 한 마리가 거의 잠이 든 채 앉아 있었는데, 그들은 마치 겨울잠쥐가 쿠션인 양 그것의 몸에 팔꿈치를 얹고 그것의 머리 위로 이야기를 나누고 있었다. 앨리스는 생각했다. "겨울잠쥐가 얼마나 불편할까? 잠이 들어서 모르고 있을 뿐이지."

식탁은 제법 널찍했는데 웬일인지 그들 셋은 한쪽에 몰려 앉아 있었다. "자리가 없어! 앉을 자리가 없어!" 그들은 앨리스가 다가오는 것을 보고 이렇게 소리쳤다. "거짓말 마! 이렇게 자리가 많잖아." 앨리스가 화를 내며 말하고는 식탁 한쪽 끝에 있는 안락의자에 앉았다.

"포도주 좀 마셔." 3월의 토끼가 다독이듯이 말했다.

앨리스는 식탁을 둘러봤지만 있는 것은 차뿐이었다. "포도

In this Style 10/6

주는 안 보이는데." 앨리스가 말했다.

"그야 없으니까 안 보이지." 3월의 토끼가 말했다.

"있지도 않은 걸 마시라고 하는 건 실례야." 앨리스가 화를 내며 말했다.

"권하지도 않았는데 멋대로 식탁에 앉는 건 실례가 아닌가?" 3월의 토끼가 말했다.

"너희 식탁인 줄 몰랐어. 그리고 빈자리도 많았고." 앨리스가 말했다.

"너, 머리 좀 잘라야 되겠다." 모자 장수가 말했다. 그는 호기심을 갖고 앨리스를 계속 바라보고 있다가 처음 입을 연 것이었다.

"남의 개인적인 부분에 대해서는 이러쿵저러쿵하는 게 아니야. 그건 정말 무례한 짓이야." 앨리스가 다소 엄격하게 말했다.

이 말을 들은 모자 장수의 눈은 휘둥그레졌다. 하지만 정작 그가 한 말은 이런 것이었다. "까마귀와 책상의 같은 점이 뭐지?"

"좋았어, 이제 재미있어지겠는걸! 쟤들이 수수께끼를 시작했으니 얼마나 좋아." 앨리스가 이렇게 생각하고는 소리 내어 말했다. "맞힐 수 있을 것 같아."

"그것의 답을 알아낼 수 있겠다는 의미야?" 3월의 토끼가 말했다.

"그렇다니까!" 앨리스가 말했다.

"그럼 네가 의미하는 것을 말해야지." 3월의 토끼가 말했다.

"그럴게." 앨리스가 허둥지둥 대답했다. "적어도……적어도 나는 내가 말하는 것을 의미해……이거나 그거나 같은 거잖아."

"전혀 같지 않아!" 모자 장수가 말했다. "'나는 내가 먹는 것을 본다'와 '나는 내가 보는 것을 먹는다'가 똑같다는 말이니?"

"그러니까 네 말은, '나는 내가 가진 것을 좋아한다'와 '나는 내가 좋아하는 것을 가졌다'가 똑같다는 거구나!" 3월의 토끼가 거들었다.

"그러니까 네 말은, '나는 잠을 잘 때 숨을 쉰다'와 '나는 숨을 쉴 때 잠을 잔다'가 똑같다는 거구나!" 겨울잠쥐까지도 잠꼬대하듯 거들었다.

"너에게나 똑같겠지!" 모자 장수가 말했다. 여기서 대화가 끊겼고 일행은 한동안 말없이 앉아 있었다. 그동안 앨리스는 까마귀와 책상의 유사점을 찾는 데 골몰했다.

침묵을 깬 것은 모자 장수였다. "오늘이 며칠이지?" 그는 앨리스를 향해 이렇게 묻고는 주머니에서 시계를 꺼내 흔들어보기도 하고 귀에 대고 소리를 들어보기도 했다.

앨리스는 잠깐 생각해보고 대답했다. "4일이야."

"이틀이나 틀리는군." 모자 장수가 한숨을 쉬었다. 그리고 토끼에게 화를 내며 말했다. "버터가 이 시계에 맞지 않는다고 내가 그랬잖아!"

"그래도 최고급 버터였는데." 토끼가 풀이 죽어 대답했다.

"그건 알아. 하지만 빵 부스러기가 묻어 들어간 게 틀림없어. 빵 칼을 쓰는 게 아니었는데!" 모자 장수가 투덜거렸다.

3월의 토끼는 시계를 받아 들고 우울한 표정으로 바라보았다. 그런 다음 그것을 찻잔 속에 집어넣고 다시 들여다보았다. 그러나 달리 좋은 변명이 떠오르지 않는지 조금 전에 한 말을 되풀이했다. "그래도 최고급 버터였는데."

앨리스는 그의 어깨 너머로 흥미롭게 쳐다보고 있었다. "참 이상한 시계도 다 있네. 시간은 표시되지 않고 날짜만 나타나네."

"그게 뭐가 이상해?" 모자 장수가 중얼거렸다. "그럼 네 시계에는 올해가 몇 년이라는 것도 나와 있단 말이야?"

"물론 그렇지는 않아." 앨리스는 서슴없이 대답했다. "하지만 그것은 같은 연도가 너무 길기 때문일 거야."

"그것이 바로 내 시계에 해당되는 얘기야." 모자 장수가 말했다.

앨리스는 몹시 혼란스러워졌다. 모자 장수의 말은 틀림없이 우리말은 우리말이었지만 무슨 뜻인지 도무지 이해할 수가 없었다. "네 말을 잘 이해 못하겠어." 앨리스가 최대한 공손하게 말했다.

"겨울잠쥐가 또 잠들었네." 모자 장수가 말하고는 잠든 겨울잠쥐의 콧등에 뜨거운 차를 조금 부었다.

겨울잠쥐는 머리를 흔들며, 여전히 눈을 감은 채 말했다. "물론이지, 물론이야. 그게 바로 내가 하려던 말이야."

"아직도 수수께끼를 생각하고 있니?" 모자 장수가 다시 앨리스에게 물었다.

"아니, 포기했어. 답이 뭐야?" 앨리스가 말했다.

"나도 잘 모르겠어." 모자 장수가 말했다.

"나도 그래." 3월의 토끼가 말했다.

앨리스는 살짝 한숨을 쉬었다. "답도 없는 수수께끼를 내며 시간을 낭비하는 대신 뭔가 더 좋은 것을 하며 시간을 보낼 수 있을 텐데."

"네가 나만큼 시간에 대해 잘 안다면 넌 시간을 낭비한다느니 하는 얘기는 하지 않을 거야. 시간은 이를테면 **사람**이야."

"무슨 소리인지 모르겠어." 앨리스가 말했다.

"알 턱이 있나. 너는 시간과 이야기를 나눠본 적이 없을 거야!" 모자 장수가 경멸하듯이 고개를 흔들며 말했다.

"아마 그럴 거야." 앨리스가 조심스럽게 대답했다. "하지만 음악을 배울 때 박자를 맞춰야 한다는 건 알고 있어."

"아! 그것을 시간이라고 생각하는구나. 하지만 시간은 맞춰지는 것을 좋아하지 않아. 만약 네가 시간과 친하게만 지낸다면, 시간은 네가 좋아하는 시각에 대부분 시계를 맞춰줄 거야. 예를 들어 아침 아홉 시라고 해보자. 공부를 시작할 시간인 거지. 그때 네가 시간에게 살짝 귀띔만 해주면 눈 깜짝할 사이에 시계가 휙 돌아가 한 시 반, 점심시간이 되어버리는 거야."

(“그렇게 되기를 바랄 뿐이지.” 3월의 토끼가 작은 소리로 혼잣말을 했다.)

“그거 정말 근사하겠는걸. 하지만 그 시간에는 배가 고프지 않을 거야.” 앨리스가 생각에 잠겨 말했다.

“처음엔 그럴지도 몰라. 하지만 한 시 반이라는 시간을 네가 원하는 만큼 길게 붙잡아둘 수도 있을 거야.” 모자 장수가 말했다.

“너도 그렇게 하고 있니?” 앨리스가 물었다.

모자 장수가 애처로운 표정으로 고개를 저었다. “그렇지 못해! 우리는 지난 3월에 싸웠거든. 저 친구가 미치기 바로 전에 말이야.” (모자 장수가 찻숟가락으로 3월의 토끼를 가리키며 말했다.) “그때 하트 여왕이 개최한 큰 음악회가 있었는데, 나는 거기서 이런 노래를 불러야 했었어.

반짝 반짝 작은 박쥐!
무얼 찾아 날아가니!

아마 너도 이 노래를 알겠지?”

“비슷한 노래를 들어봤어.”

“그 다음은 이렇게 돼.” 모자 장수가 노래를 계속했다.

세상 저 높이 날아가네,
하늘의 찻쟁반처럼

반짝 반짝——"

이때 겨울잠쥐가 몸을 흔들더니 자면서 노래를 부르기 시작했다. "반짝 반짝 반짝 반짝……." 겨울잠쥐가 이렇게 계속하자 결국 그들은 겨울잠쥐를 꼬집어 노래를 중단시켜야만 했다.

"그런데 내가 1절도 아직 다 안 불렀는데 여왕이 마구 소리를 지르는 거야. '저놈이 시간을 죽이고 있다! 저놈의 머리를 쳐라!' "

"어머나, 너무 야만적이야!" 앨리스가 말했다.

"그리고 그 다음부터는……." 모자 장수가 서글픈 목소리로 말을 이었다. "시간은 내가 부탁하는 건 하나도 들어주지 않게 됐어. 그래서 그때부터 시간이 항상 여섯 시야."

그 말을 들으니 앨리스의 머리에 어떤 생각이 퍼뜩 떠올랐다. "아, 그래서 여기에 찻잔이 이렇게 많은 거구나?"

"그래, 맞아." 모자 장수가 한숨을 쉬며 말했다. "항상 차 마시는 시간에 머물러 있기 때문에 찻잔을 씻을 틈이 없어."

"그래서 둥근 탁자를 따라 늘 자리를 옮겨가며 앉는 거구나." 앨리스가 말했다.

"바로 그래. 찻잔을 사용한 다음에 자리를 옮기는 거야." 모자 장수가 말했다.

"하지만 그렇게 자리를 옮겨 앉다 보면 다시 제자리로 돌아올 텐데, 그땐 어떻게 하니?" 앨리스가 용기를 내어 물었다.

"화제를 바꾸는 게 좋겠군." 3월의 토끼가 늘어지게 하품을 하며 끼어들었다. "이 이야기엔 신물이 나. 아가씨가 우리에게 재미있는 이야기를 해줘."

"난 아는 이야기가 없는데 어떡하지?" 앨리스가 갑작스러운 제의에 놀라 말했다.

"그럼 겨울잠쥐가 해줄 거야." 모자 장수와 3월의 토끼가 함께 외쳤다. "겨울잠쥐야, 일어나!" 그들이 양쪽에서 동시에 겨울잠쥐를 꼬집었다.

잠자던 겨울잠쥐가 슬그머니 눈을 떴다. "난 자지 않았어. 너희가 하는 말을 다 들었다고." 힘없는 쉰 목소리로 겨울잠쥐가 말했다.

"이야기해줘!" 3월의 토끼가 말했다.

"그래, 이야기해줘!" 앨리스도 부탁했다.

"빨리 해! 그렇지 않으면 이야기를 끝내기도 전에 다시 잠들어버릴 거 아냐." 모자 장수가 덧붙였다.

겨울잠쥐는 급히 이야기를 시작했다. "옛날 옛적에 엘시, 레이시, 틸리라는 이름의 세 자매가 우물 밑에서 살았어."

"그런 데서 뭘 먹고 살았지?" 언제나 먹고 마시는 것에 대해 관심이 많은 앨리스가 물었다.

"당밀을 먹고 살았어." 잠시 생각하고 나서 겨울잠쥐가 말했다.

"그런 걸 먹을 수는 없었을 텐데. 그런 것을 먹으면 탈이 날 텐데." 앨리스가 조심스레 말했다.

"그래 맞아. 그래서 큰 병에 걸리고 말았지." 겨울잠쥐가 재빨리 받아들였다.

앨리스는 그렇게 이상한 생활 방식이 어떠한 것일지 상상해보려 했지만 너무나 혼란스러웠다. 그래서 앨리스는 다시 물었다. "왜 하필 우물 밑에서 살았지?"

"차를 좀 더 마셔." 3월의 토끼가 매우 진지하게 앨리스에게 말했다.

"지금까지 마신 게 하나도 없는데 어떻게 더 마시겠어." 앨리스가 화난 목소리로 말했다.

"'어떻게 덜 마시겠어'라고 말하려던 거겠지." 모자 장수가 말했다. “하나도 안 마시는 것보다는 더 마시는 것이 훨씬 쉽지.”

“아무도 네 의견을 묻지 않았거든!” 앨리스가 짜증스레 말했다.

“이야기 도중에 계속 개인적 의견을 말하고 있는 게 누군데?” 모자 장수가 의기양양하게 말했다.

대꾸할 말이 궁색해진 앨리스는 말없이 약간의 차와 버터 바른 빵을 먹고 마셨다. 그러고 나서 겨울잠쥐에게 다시 같은 질문을 했다. “그들은 왜 우물 밑에서 살았지?”

겨울잠쥐가 한참 생각에 잠겼다가 대답했다. “그 우물은 당밀이 솟아 나오는 우물이었어.”

“세상에 그런 게 어디 있어?” 앨리스는 무척 화가 나기 시작했다. 하지만 모자 장수와 3월의 토끼는 계속 앨리스에게 “쉿! 쉿!” 하며 조용히 하라는 신호를 보냈다. 겨울잠쥐가 뾰로통하게 대꾸했다. “계속 그렇게 무례하게 굴 거라면 나머지 이야기는 네가 해!”

“아냐, 제발 계속해줘.” 난처해진 앨리스가 사정했다. “다시는 방해하지 않을게. 하지만 내가 아니라도 누군가 방해할 거야.”

“누가 방해할 거라고!” 겨울잠쥐가 화를 내며 말했다. 하지만 겨울잠쥐는 다시 이야기를 이어갔다. “그 세 자매는 퍼내는 법을 배우고 있었어.”

“뭘 퍼냈는데?” 조금 전의 약속을 까맣게 잊고 앨리스가 다시 물었다.

"당밀이지." 겨울잠쥐가 이번에는 주저 없이 즉시 대답했다.

그때 모자 장수가 끼어들었다. "난 깨끗한 컵이 필요해. 모두 한 자리씩 옮기자."

모자 장수는 그렇게 말하면서 자리를 옮겼고, 겨울잠쥐가 모자 장수의 자리로 옮겨 갔다. 3월의 토끼는 겨울잠쥐의 자리로 이동했고, 앨리스는 내키지 않았지만 3월의 토끼 자리로 옮겼다. 자리를 바꿔서 이득을 본 사람은 모자 장수뿐이었다. 그리고 앨리스가 가장 손해를 봤다. 3월의 토끼가 자기 접시에 우유를 엎질러놓았기 때문이었다.

다시 겨울잠쥐가 화내는 것을 원하지 않았기 때문에 앨리스는 아주 조심스럽게 입을 열었다. "이해가 안 돼. 도대체 그들이 어디에서 당밀을 퍼낸 거야?"

"우물에서 물을 퍼내잖아. 그러면 당밀 우물에서는 당밀을 퍼내지 않겠니, 이 바보야?" 모자 장수가 말했다.

"하지만 그들은 우물 속에서 살았다며." 앨리스가 모자 장수의 '바보' 라는 말에 주의를 기울이지 않으며 겨울잠쥐에게 말했다.

"물론 우물 속에서 살았지." 겨울잠쥐가 말했다.

앨리스는 더욱 어리둥절해졌고, 그래서 얼마 동안은 겨울잠쥐의 말을 방해하지 않고 계속 들어보기로 했다. 겨울잠쥐는 다시 졸음이 쏟아지는지 하품을 하고 눈을 비비며 이야기를 계속했다.

"어찌됐든 그들은 퍼내는 법을 배우고 있었어. 그래서 그들은 M으로 시작되는 건 뭐든지 퍼냈지."

"왜 하필 M자로 시작되는 것이지?" 앨리스가 말했다.

"그게 어때서?" 3월의 토끼가 말했다.

앨리스는 입을 다물었다.

겨울잠쥐는 그사이 두 눈을 감고 꾸벅꾸벅 졸고 있었다. 모자 장수가 꼬집자 놀란 겨울잠쥐가 가느다란 비명 소리를 내며 깨어나 다시 이야기를 시작했다. "그러니까 M으로 시작되는 것들, 예를 들면 쥐덫들mouse-traps, 달moon, 추억memory, 많음muchness――'엇비슷하다much of a muchness'라고 말할 때 쓰는 그 단어 말이야――따위를 퍼냈지. 많음을 퍼내는 것과 같은 일을 본 적 있니?"

"어머나, 이제 나에게 묻기까지 하는구나!" 앨리스가 당황하여 말했다. "본 적 없는 것 같아."

"그러면 입 다물고 조용히 있어." 모자 장수가 말했다.

이 무례한 행동에 앨리스는 더 이상 참을 수가 없었다. 그래서 지긋지긋하다는 듯 벌떡 일어나 그 자리를 떠났다. 겨울잠쥐는 곧바로 잠이 들었고, 모자 장수와 3월의 토끼는 앨리스가 떠나든 말든 신경 쓰지 않았다. 그들이 뒤에서 불러주었으면 하는 마음이 없지 않아 앨리스는 한두 번 뒤를 돌아보았다. 앨리스가 마지막으로 돌아봤을 때, 그들은 겨울잠쥐를 찻주전자에 처넣으려고 낑낑대고 있었다.

"무슨 일이 있어도 저곳엔 다시 가지 않을 거야." 숲 속을 걸

으며 앨리스가 말했다. "정말 저런 바보 같은 다과회는 생전 처음 본다니까!"

바로 그 순간 앨리스는 안으로 들어갈 수 있는 문이 달린 나무를 발견했다. "세상에 별 이상한 나무도 다 있네! 하지만 오늘은 모든 일이 다 이상한걸. 어쨌든 당장 들어가봐야지." 앨리스는 안으로 들어갔다.

앨리스는 다시 아까의 그 긴 홀에 와 있었다. 바로 옆에 그 작은 유리 탁자가 있었다. "그래, 이번에는 정말 제대로 해봐야지." 앨리스는 탁자 위의 조그만 황금 열쇠를 집어 들고 정원으로 통하는 문을 열었다. 그런 다음 키가 30센티미터쯤 될 때까지 버섯을 조금씩 뜯어먹었다(앨리스는 주머니에 한 조각을 간직하고 있었다). 그런 다음 좁고 낮은 통로를 통과했다. 마침내 앨리스는 산뜻한 화단과 시원한 분수로 가득한 아름다운 정원에 도착해 있었다.

제8장 여왕의 크로케 경기장

정원 입구에는 하얀 장미꽃들이 만발한 커다란 장미나무가 서 있었다. 하지만 이상하게도 세 명의 정원사가 그 하얀 장미꽃들을 부지런히 붉게 칠하고 있었다. 또다시 호기심이 발동한 앨리스가 그들에게 다가갔다. 그들의 두런거리는 소리가 들렸다. "이봐, 5번! 페인트를 나한테 튀기면 어떡해!"

"일부러 그런 게 아냐." 5번이라고 불리는 정원사가 뚱한 목소리로 대꾸했다. "7번이 내 팔꿈치를 쳤단 말이야."

그러자 7번 정원사가 고개를 들고 말했다. "그래 좋아, 5번! 넌 항상 남 탓만 하지!"

"넌 입 닥치고 있는 게 좋아! 여왕님께서 바로 어제 네 목을 베어야 마땅하다고 말씀하셨거든." 5번이 말했다.

"어째서?" 맨 처음 입을 열었던 정원사가 물었다.

"너와는 상관없는 일이야, 2번!" 7번이 2번에게 말했다.

“그래, 그건 이 친구 일이야. 그런데 내가 말해주지. 양파 대신 튤립 뿌리를 요리사에게 가져다줬거든.” 5번이 말했다.

7번은 들고 있던 페인트 솔을 던져버리고 이야기를 시작했다. “정말 모든 것이 부당해.” 그 순간 그는 자신들을 바라보고 있는 앨리스를 발견하고 얼른 입을 다물었다. 그러자 그의 동료들이 두리번거리며 허리 굽혀 절을 했다.

“왜 장미에다 빨간색을 칠하는 것인지 여쭤봐도 될까요?” 앨리스가 조심스럽게 말했다.

5번과 7번은 아무 말 없이 2번을 쳐다봤다. 그러자 2번이 소리 죽여 말했다. “여긴 빨간 장미나무가 심어져야 할 자린데 우리가 실수로 그만 하얀 장미나무를 심었거든요. 여왕님께서 이 사실을 아시는 날에는 당장 우리 목이 달아나요. 그래서 여왕님이 오시기 전에 최선을 다해…….” 바로 이때 불안한 얼굴로 정원 건너편을 바라보고 있었던 5번이 소리쳤다. “여왕님이시다! 여왕님이시다!” 동시에 세 정원사는 모두 얼굴을 땅바닥에 대고 납작 엎드렸다. 여러 사람들이 저벅거리며 다가오는 소리가 들렸다. 앨리스는 여왕을 보려고 주위를 두리번거렸다.

먼저 클로버를 든 열 명의 병사들이 행진해 오고 있었다. 그들은 정원사들과 똑같이 몸이 네모나고 평평했으며, 네 귀퉁이에 팔과 다리가 달려 있었다. 그 뒤를 따라 다이아몬드로 온몸을 장식한 신하들이 병사들과 마찬가지로 두 줄로 걸어왔다. 그 뒤를 이어 열 명의 공주와 왕자들이 손을 잡고 짝을 이루어 깡충깡충 즐겁게 따라왔다. 그들은 모두 하트 모양의 장식을 달고 있었다. 다음으로 손님들이 걸어왔다. 그들은 대부분 왕들과 여왕들이었는데, 앨리스는 그들 사이에서 하얀 토끼를 발견했다. 토끼는 긴장한 태도로 주변에 있는 모든 것들과 웃으며 이야기를 나누고 있었는데 앨리스를 보지 못하고 지나갔다. 손님들의 뒤를 이은 것은 진홍색 벨벳 쿠션 위에 왕관을 받쳐 든 하트 잭이었고, 이 긴 행렬의 끝에서 하트 여왕과 하트 왕이 나타났다.

앨리스는 자기도 정원사들처럼 얼굴을 땅에 대고 엎드려야 하는 것인지 조금 고민했다. 그러나 여왕의 행렬을 만났을 때 엎드려야 한다는 규칙을 들은 기억은 없었다. "게다가 모두 다 엎드리면 아무도 행렬을 볼 수 없잖아. 그럼 행렬이 무슨 쓸모가 있겠어." 앨리스는 이렇게 생각하고 그대로 서 있었다.

앨리스의 모습을 발견한 행렬이 멈춰 섰다. 여왕이 엄격한 어조로 물었다. "이 아이는 누구냐?" 여왕에게 이 질문을 받은 것은 하트 잭이었는데 그는 그저 머리를 조아리고 웃고 있을 뿐 아무 말도 하지 못했다.

"바보 같은 놈!" 여왕이 못마땅한 듯 머리를 절레절레 흔들며 앨리스를 향해 물었다. "아이야, 네 이름이 뭐냐?"

"제 이름은 앨리스입니다. 여왕 폐하." 앨리스는 공손하게 대답했다. 하지만 속으로는 이런 생각을 했다. "한낱 카드들일 뿐이니 저들을 두려워할 필요 없어."

"그리고 이것들은 뭐지?" 여왕이 장미나무 옆에 엎드려 있

는 세 정원사를 가리키며 물었다. 납작 엎드려 있는 정원사들의 뒷모습이 다른 일행의 뒷모습과 같았기 때문에 여왕은 그들이 정원사인지, 병사인지, 신하인지, 심지어 자신의 아이들인지조차 전혀 알 수 없었다.

"제가 그것을 어떻게 알겠어요? 제 일도 아닌걸요." 앨리스는 이렇게 말하면서 자신의 용기에 놀랐다.

여왕의 얼굴이 분노로 빨개졌다. 여왕은 잠시 앨리스를 노려보다가 마침내 성난 맹수처럼 악을 쓰기 시작했다. "이것의 목을 베라! 목을 베라……."

"말도 안 돼요!" 앨리스가 아주 크고 당당하게 소리쳤다. 여왕이 입을 다물었다.

왕이 여왕의 팔에 손을 얹으며 조심스레 말했다. "너그럽게 봐주구려. 아직 어린아이잖소."

여왕은 화가 나서 왕을 외면하고 하트 잭에게 말했다. "저것들을 뒤집어라!"

하트 잭은 매우 조심스럽게 한 발로 그들을 차례차례 뒤집었다.

"일어나!" 여왕이 큰 목소리로 서릿발같이 말하자 정원사들은 벌떡 일어나 왕, 여왕, 왕자와 공주를 비롯한 모든 이들에게 꾸벅꾸벅 절을 하기 시작했다.

"그만두지 못해! 네놈들 때문에 어지럽구나." 여왕이 다시 소리쳤다. 이어서 여왕은 장미나무를 쳐다보며 물었다. "여기서 무슨 짓들을 하고 있었지?"

“여왕 폐하, 용서해주십시오.” 2번 정원사가 한쪽 무릎을 꿇으며 떨리는 목소리로 말했다. “여왕 폐하, 저희는 최선을 다해…….”

“알 만하구나.” 그사이 장미나무를 자세히 살펴보고 있던 여왕이 날카롭게 소리쳤다. “저것들의 목을 베라!” 행렬은 다시 움직이기 시작했고 그 불쌍한 정원사들을 처단하기 위해 세 명의 병사가 뒤에 남았다. 정원사들이 몸을 숨기려고 앨리스에게 달려왔다.

“목을 베이게 할 수는 없어.” 앨리스는 옆에 있는 커다란 화분 속에 정원사들을 숨겨주었다. 세 명의 병사가 그들을 찾으려고 잠시 두리번거리다가 결국 그냥 행렬의 뒤를 따라갔다.

“목을 베었느냐?” 여왕이 소리쳤다.

“분부대로 거행했습니다, 여왕 폐하!” 병사들이 소리 높여 대답했다.

“좋아!” 여왕이 외쳤다. “크로케 경기를 할 줄 아느냐?”

병사들이 잠자코 앨리스를 쳐다보자 앨리스는 그것이 자기에게 건네진 질문이었음을 깨달았다.

“네, 여왕 폐하!” 앨리스도 큰 소리로 대답했다.

“그럼 따라와.” 여왕이 명령하자 앨리스는 이제 무슨 일이 생길까 무척 궁금해하면서 행렬 속에 끼어들었다.

“날씨가 아주 좋은데.” 옆에서 나지막한 목소리가 들려왔다. 하얀 토끼가 바로 옆에서 걱정스러운 얼굴로 앨리스를 바라보며 걷고 있었다.

"정말 그렇구나. 그런데 공작 부인은 어디 계시니?" 앨리스가 말했다.

"쉿! 조용히 해!" 토끼가 작은 목소리로 말했다. 토끼는 불안한 표정으로 주위를 살피고는 까치발로 서서 앨리스의 귓가에 속삭였다. "공작 부인은 사형 선고를 받았어."

"아니 왜?" 앨리스가 물었다.

"방금 '안됐네!' 라고 말했니?" 토끼가 물었다.

"아냐, 안됐다고 생각하지는 않아. 무슨 일 때문이냐고 물었어." 앨리스가 말했다.

"공작 부인이 여왕님의 빰을 때렸거든." 토끼가 말하자 앨리스가 조그맣게 소리 내어 웃었다. "이런, 조용히 해!" 토끼가 겁먹은 목소리로 속삭였다. "여왕님이 들으면 어쩌려고 그래! 공작 부인이 많이 늦었거든. 그랬더니 여왕님이……."

"모두 제자리로!" 여왕이 우레 같은 목소리로 호령했다. 그러자 행렬 속에 있던 사람들이 서로 부딪히고 엉키고 하면서 사방으로 달려갔다. 잠시 후 그들은 모두 제자리를 찾아 서 있었다.

앨리스는 그렇게 기묘한 크로케 경기장은 한 번도 본 적이 없었다. 경기장은 고랑들이 나 있어 온통 울퉁불퉁했다. 크로케 공은 살아 있는 고슴도치였고, 방망이 역시 살아 있는 홍학이었으며, 병사들은 몸을 굽혀 손과 발을 땅에 대고서 아치를 만들어야 했다.

가장 어려운 일은 우선 홍학을 다루는 것이었다. 앨리스는

홍학의 다리를 아래로 늘어지게 하여 홍학의 몸을 되도록 편안하게 겨드랑이에 끼는 데까지는 성공했다. 그러나 홍학의 기다란 목을 펴서 홍학의 머리로 공인 고슴도치를 치려고 하는 순간 홍학이 고개를 틀어서 우스꽝스러운 표정으로 앨리스의 얼굴을 바라보는 바람에 앨리스는 웃음을 터뜨리지 않을 수 없었다. 다시 홍학의 머리를 아래서 해서 공을 치려고 하자, 이번에는 어이없게도 고슴도치가 동그랗게 말았던 몸을 펴고 꾸물꾸물 기어가버렸다. 게다가 어차피 경기장 전체가 너무 울퉁불퉁했고, 아치를 만들고 있던 병사들은 제멋대로 일어나 경기장의 다른 곳으로 가버리기 일쑤였다. 앨리스는 곧 이것이 대단히 힘든 경기라는 결론에 이르렀다.

선수들은 모두 차례를 기다리지 않고 한꺼번에 움직였고, 내내 말다툼을 하고 고슴도치를 차지하려고 싸웠다. 잠시 후 여왕은 격분했고, 발을 쾅쾅 구르며 거의 일 분에 한 번씩 "저놈의 목을 베라!" 혹은 "저 계집의 목을 베라!" 하고 외쳐댔다.

앨리스는 매우 불안해졌다. 앨리스는 아직 여왕의 심기를 거스르지 않았지만 언제 무슨 불벼락이 떨어질지 모를 일이었다. "그러면 난 어떻게 되는 거지? 아무튼 여기에 있는 사람들은 목을 베는 걸 끔찍이도 좋아하나 봐. 살아 있는 사람이 있다는 게 정말 놀랍다니까!" 앨리스가 생각했다.

앨리스는 도망갈 길을 찾기 위해 주위를 둘러보았다. 그리고 어떻게 해야 아무도 모르게 빠져나갈 수 있을지 고민했다. 그때 공중에서 이상한 모습이 눈에 띄었다. 처음에는 저게 뭔가 싶어 매우 어리둥절했지만, 잠시 후 앨리스는 그것이 싱긋 웃는 입이라는 것을 깨달았다. "체셔 고양이구나! 이제 이야기할 상대가 생겼어." 앨리스가 중얼거렸다.

"잘돼가?" 말을 할 수 있을 만큼 입 모양이 뚜렷해지자마자 고양이가 말했다.

앨리스는 고양이의 눈이 나타날 때까지 기다렸다가 고개를 끄덕였다. "말하는 건 소용없을 거야. 두 귀가 나타나야, 아니 적어도 귀 하나라도 나타나야 들을 수 있을 테니까." 앨리스는 생각했다. 잠시 후 고양이의 얼굴이 모두 나타났다. 앨리스는 홍학을 내려놓고 크로케 경기에 대해 이야기하기 시작했다. 자신의 말을 들어줄 상대가 있다는 것이 매우 기뻤다. 고양이는 그 정도 모습을 드러내면 충분하다고 생각했는지 더 이상의 모습은 드러내지 않았다.

"저 경기는 순 엉터리야." 앨리스가 불만스러운 목소리로 말을 시작했다. "모두들 다른 사람들 말은 듣지도 않고 지독하게 싸우기만 해. 그리고 아무 규칙도 없나 봐. 아니면, 적어도 규칙은 있는데 아무도 신경 쓰지 않는 것이거나. 그리고 살아 있는 동물을 가지고 크로케 경기를 한다는 게 얼마나 힘든 일인지 상상도 못할 거야. 내가 통과해야 할 아치가 경기장 저쪽으로 걸어가버리지, 공 노릇을 하는 고슴도치가 제멋대로 도망쳐버리지!"

"여왕은 마음에 드니?" 고양이가 나지막이 물었다.

"천만에." 앨리스가 말했다. "여왕은 정말……." 바로 그때 앨리스는 여왕이 자기 뒤에 바짝 붙어 듣고 있다는 것을 알아챘다. "이길 게 분명해. 경기를 끝까지 할 필요도 없을 정도라니까."

여왕은 미소를 지으며 지나갔다.

"너는 도대체 누구와 이야기를 하는 거냐?" 왕이 앨리스에게 다가와 말하더니 고양이의 얼굴을 보고 매우 신기해했다.

"제 친구 체셔 고양이예요. 소개해드릴게요." 앨리스가 말했다.

"생긴 게 영 마음에 안 드는구나. 하지만 원한다면 내 손에 키스하는 것을 허락하마." 왕이 말했다.

"그럴 생각 없소." 고양이가 말했다.

"무례한 놈 같으니! 그렇게 나를 쳐다보지 마라!" 왕은 이렇게 말하면서 앨리스의 뒤로 슬금슬금 몸을 숨겼다.

"고양이에게도 왕을 바라볼 자유가 있대요. 책에서 봤어요.

어느 책인지는 기억이 안 나지만요." 앨리스가 말했다.

"어쨌든 저 고양이를 없애야 되겠다." 왕이 매우 단호하게 말했다. 그리고 마침 그 곁을 지나가던 여왕을 불렀다. "여보! 저 고양이를 좀 없애주면 좋겠소."

크건 작건 모든 문제를 해결하는 여왕의 방법은 오직 하나였다. "저놈의 목을 베라!" 여왕은 쳐다보지도 않고 말했다.

"내가 사형 집행관을 직접 데려오지." 왕이 신이 나서 말하고는 달려갔다.

앨리스는 돌아가서 경기가 어떻게 돼가고 있는지 봐야 할까 말아야 할까 생각해보았다. 멀리서 여왕의 성난 고함 소리가 들려왔다. 차례를 놓쳤다는 이유로 세 명의 선수에게 여왕이 사형 선고를 내리는 소리를 앨리스는 이미 들은 터였다. 자기 차례가 언제인지도 모르는 그런 혼란스러운 경기를 앨리스는 더 이상 보고 싶지 않았다. 그래서 도망친 고슴도치나 찾아 나서기로 했다.

그 고슴도치는 다른 고슴도치와 엉겨 붙어 싸우고 있었다. 앨리스에게는 지금이 공을 칠 수 있는 최고의 기회로 보였다. 문제는 홍학이었다. 앨리스의 홍학이 정원 저쪽 편으로 가버린 것이었다. 홍학이 나무 위로 날아 올라가려고 바동바동 애쓰고 있는 것이 보였다.

앨리스가 홍학을 잡아가지고 돌아왔을 때는 싸움은 끝나고 고슴도치들은 사라져버린 뒤였다. "상관없어. 어차피 아치들도 다 가버렸는데." 앨리스가 생각했다. 그래서 앨리스는 다시 도망치지 못하게 홍학을 겨드랑이에 꼭 끼고는 고양이와 이야기를 좀 더 나누기 위해 돌아갔다.

고양이에게 돌아갔을 때 앨리스는 주변에 수많은 군중이 모여 있는 것을 보고 놀랐다. 사형 집행관, 왕, 여왕 사이에 말다툼이 벌어져 있었다. 그들 셋이 동시에 떠들어대고 있었고, 그 밖의 사람들은 불안한 기색으로 입을 꼭 다물고 있었다.

앨리스가 나타나자 세 사람은 앨리스에게 문제를 해결해달라고 부탁했다. 그들은 각자 앨리스에게 자기 논리를 이야기했다. 하지만 그들이 한꺼번에 떠들어댔기 때문에 앨리스는 그들의 얘기를 정확히 알아듣기 힘들었다.

사형 집행관은 목을 잘라낼 몸이 없다면 목도 자를 수 없다고 주장했다. 그는 단 한 번도 이런 경우를 본 적이 없고, 이렇게는 도저히 일을 할 수 없다고 호소했다.

왕은 머리가 있다면 당연히 목을 벨 수 있는 것이라며, 그런 바보 같은 소리는 하지 말라고 했다.

여왕은 당장 어떻게든 하지 않으면 거기 있는 이들의 목을 모두 베어버리겠다고 했다. (둘러선 사람들의 표정이 그렇게 우울하고 불안한 것은 바로 여왕의 이 마지막 말 때문이었다.)

앨리스가 생각해낸 말은 이것뿐이었다. "저 고양이는 공작 부인의 것이니까 그분에게 물어보는 게 좋겠어요."

"공작 부인은 감옥에 있다. 당장 가서 끌고 오너라!" 여왕이 사형 집행관에게 말했다. 사형 집행관은 쏜살같이 달려갔다.

사형 집행관이 가버리자 고양이의 머리가 서서히 사라지기

시작했다. 사형 집행관이 공작 부인을 끌고 돌아왔을 때는 고양이가 흔적도 없이 사라진 뒤였다. 그러자 왕과 사형 집행관은 고양이를 찾아서 이리저리 뛰어다녔고, 나머지 사람들은 다시 크로케 경기를 계속했다.

제9장 가짜 거북 이야기

"요 귀여운 것아, 다시 너를 보게 돼서 얼마나 기쁜지 넌 짐작도 못할 거다." 공작 부인이 다정하게 앨리스의 팔짱을 끼고 함께 걸으며 말했다.

공작 부인의 기분이 무척 좋은 것 같아서 앨리스는 아주 기뻤다. 그래서 어쩌면 처음 부엌에서 만났을 때 공작 부인이 그렇게 포악하게 굴었던 것은 단지 후춧가루 때문이었을지도 모른다고 생각했다.

"내가 공작 부인이라면(하지만 그것을 매우 바라는 듯한 어조는 아니었다) 부엌에 후춧가루 같은 건 두지 않을 거야. 후춧가루를 치지 않아도 수프는 맛있거든. 아마도 후추가 사람을 화나게 만드나 봐." 이런 생각을 하던 앨리스는 자신이 방금 새로운 법칙을 발견한 것 같아 무척 흡족했다. 앨리스의 생각이 계속되었다. "식초는 사람을 까다롭게 만들고, 카밀레

차는 사람을 냉혹하게 만들고, 그리고 보리엿과 같은 것들은 아이들을 말 잘 듣게 만들지. 사람들이 이런 사실을 안다면 보리엿을 가지고 그렇게 인색하게 굴지 않을 텐데…….”

생각에 잠긴 앨리스는 공작 부인이 옆에 있다는 것을 깜빡 잊고 있었다. 그래서 공작 부인의 목소리가 바로 귀 옆에서 들려오자 조금 놀랐다. “우리 귀염둥이가 다른 생각을 하고 있었구나. 이야기하는 것도 잊어버릴 정도로 말이야. 이것의 교훈이 뭔지를 내가 당장은 말해줄 수가 없지만 조만간 생각이 날 거야.”

“어쩌면 그 교훈이라는 게 없는지도 모르죠.” 앨리스가 과감하게 말했다.

“쯧쯧, 애야! 세상 모든 일에는 교훈이라는 것이 있단다. 단지 우리가 모르고 있을 뿐이지.” 공작 부인이 이렇게 말하며 앨리스의 곁으로 더 바짝 다가왔다.

앨리스는 공작 부인과 그렇게 가까이 붙어 있는 것이 그다지 달갑지 않았다. 첫째는, 공작 부인이 너무 못생겼기 때문이었다. 둘째는, 공작 부인의 키가 작다 보니 그녀의 뾰족한 턱이 앨리스의 어깨에 딱 걸쳐 앨리스를 아프게 했기 때문이었다. 그러나 앨리스는 상대방에게 무안을 주고 싶지 않아서 참을 수 있는 데까지 참기로 했다.

“이제 크로케 경기가 좀 나아진 것 같네요.” 대화를 이어나가기 위해 앨리스가 말했다.

“그렇구나.” 공작 부인이 말했다. “이것의 교훈은 바로 ‘오,

사랑이여, 세상을 돌아가게 하는 사랑이여!' 란다."

"누군가가 말했었죠. 모든 사람이 자기 일에만 신경 써야 세상이 돌아간다고요!" 앨리스가 속삭였다.

"아! 뭐, 마찬가지 얘기야!" 공작 부인이 뾰족한 작은 턱으로 앨리스의 어깨를 찧어대며 말했다. "이것의 교훈은 바로 '의미에 신경 써라. 그러면 소리는 저절로 따라온다'[7]란다."

"모든 일에서 교훈을 찾는 것을 정말 좋아하나 봐!" 앨리스가 생각했다.

"아마 넌 내가 왜 네 허리에 팔을 두르지 않는지 궁금할 거야." 공작 부인이 이렇게 말하고는 잠시 뜸을 들였다. "그건 말이지, 네 홍학의 성미가 어떤지 몰라서야. 한번 시험해볼까?"

"물지도 몰라요." 앨리스는 공작 부인이 제발 그런 시험을 하지 않기를 바라면서 조심스럽게 대답했다.

"정말 그렇겠구나. 홍학과 겨자는 둘 다 물거든. 이것의 교훈은 '유유상종' 이란다." 공작 부인이 말했다.

"하지만 겨자는 새가 아니에요." 앨리스가 말했다.

"역시 맞는 말이다. 그런데 넌 정말 모든 것을 명확하게 구분하는구나!" 공작 부인이 말했다.

"그건 아마 광물성일 거예요." 앨리스가 말했다.

"그렇고말고." 공작 부인이 말했다. 그녀는 앨리스가 하는 말에는 다 동의할 준비가 되어 있는 것만 같았다. "이 근처에 커다란 겨자 광산이 있단다. 이것의 교훈은 '나의 것이 점점 많아질수록 너의 것은 점점 줄어든다' 란다."[8]

"아, 알았어요! 겨자는 채소예요. 그렇게 보이지는 않지만 사실은 채소예요." 공작 부인의 마지막 말에 귀 기울이지 않고 있던 앨리스가 갑자기 소리쳤다.

"네 말이 전적으로 옳아. 그리고 이것의 교훈은 '네가 바라는 사람이 되어라' 란다. 좀 더 간단하게 말하자면 이런 것이지. '너 자신이 다른 사람에게 보이는 것 그 이상의 다른 무엇이라고 생각하지 마라. 네가 다른 무엇이었거나 다른 무엇일 수 있었다면, 다른 사람들에게도 다른 무엇으로 보였을 것이다'." 공작 부인이 말했다.

"지금 하신 말씀을 제가 받아 적었다면 이해가 더 잘됐을 거예요. 말로 하시니깐 쫓아가기가 어려워요." 앨리스가 매우 공손하게 말했다.

"내가 작정하고 말한다면 그 정도는 약과란다." 공작 부인이 즐거운 목소리로 말했다.

"그것보다 더 길게 말씀하시느라고 고생하시는 일은 제발 말아주세요." 앨리스가 말했다.

"아, 그런 건 하나도 고생스럽지 않다!" 공작 부인이 말했다. "내가 지금까지 말한 것을 모두 너에게 선물로 주마."

'돈 안 드는 선물도 다 있군! 그런 것을 생일 선물로 받지 않은 게 정말 다행이야!' 앨리스가 생각했다. 이런 생각을 입 밖에 낼 용기는 나지 않았다.

"또 뭘 생각하고 있구나." 공작 부인이 다시 뾰족한 턱으로 찔어대며 물었다.

"저도 생각할 권리가 있어요!" 공작 부인을 조금 귀찮아하기 시작한 앨리스가 날카롭게 말했다.

"돼지가 하늘을 날아갈 만큼의 권리는 있지. 이것의 교……."

공작 부인의 말이 갑자기 뚝 끊겨서 앨리스는 깜짝 놀랐다. 심지어 그녀는 자기가 그렇게 좋아하는 '교훈' 이라는 말조차 끝맺지 못한 것이었다. 앨리스의 팔을 끼고 있던 공작 부인의 팔이 부들부들 떨리기 시작했다. 앨리스가 고개를 드니 바로 앞에 여왕이 팔짱을 낀 채 잔뜩 찌푸린 얼굴로 서 있었다.

"안녕하십니까, 여왕 폐하." 공작 부인이 기어 들어가는 목소리로 입을 열었다.

"이제 너에게 분명히 경고하겠다." 여왕이 발로 땅을 구르며 소리쳤다. "너와 너의 목 중 하나는 없어져야겠다. 지금 당장 말이다! 무엇을 택하겠느냐?"

공작 부인은 선택을 했다. 그리고 순식간에 사라져버렸다.

"자, 우린 경기장으로 가자." 여왕이 앨리스에게 말했다. 앨리스는 겁에 질려 아무 말도 할 수 없었다. 하지만 여왕을 따라 천천히 크로케 경기장으로 돌아갔다.

여왕이 자리를 비운 틈을 타 그늘에서 쉬고 있던 경기장의 손님들은 여왕의 모습이 눈에 띄자마자 재빨리 경기장으로 돌아갔다. 여왕은 단지 경기를 지연시키는 자는 목을 베겠다고만 말했다.

경기를 하는 동안 내내 여왕은 다른 선수들과 끊임없이 싸우며 소리쳤다. "저놈의 목을 베어라!" "저 계집의 목을 베어라!" 여왕의 명령이 떨어지면 병사들이 사형 선고를 받은 자들을 데려가 수감시켰고, 그러니 당연히 아치를 만들고 있던 병사들이 하나 둘 자리를 떴다. 30분쯤 지나자 아치는 하나도 남아 있지 않았고, 왕과 여왕과 앨리스를 제외한 모든 선수들이 사형 선고를 받고 감옥으로 가버렸다.

그러자 여왕은 고함을 멈추고 거친 숨을 몰아쉬며 앨리스에게 물었다. "가짜 거북을 본 적이 있느냐?"

"아니요. 가짜 거북이 뭔지도 모르는걸요." 앨리스가 대답했다.

"가짜 거북 수프를 만드는 재료 말이다." 여왕이 말했다.

"저는 그런 것을 본 적도 들어본 적도 없어요." 앨리스가 말했다.

"그럼 따라와. 가짜 거북이 너에게 자기 이야기를 해줄 거다." 여왕이 말했다.

그들과 함께 떠날 때 앨리스는 왕이 죄수들에게 나지막이 말하는 소리를 들었다. "너희 모두를 사면한다." "정말 잘된 일이야!" 여왕에게 사형 선고를 받은 이들 때문에 꽤 마음이 불편했던 앨리스는 마음속으로 기뻐하며 안도의 숨을 내쉬었다.

그들은 곧바로 햇볕을 쬐며 잠들어 누워 있는 그리핀[9)] 앞에 도착했다. (그리핀이 뭔지 모른다면 그림을 보라!) "일어나, 게으름뱅이 짐승아!" 여왕이 소리쳤다. "이 어린 아가씨를 가짜 거북에게 데리고 가서 가짜 거북의 이야기를 듣게 해줘라. 난 돌아가서 명령한 대로 처형이 이루어졌는지 확인해야 하

니까." 여왕은 앨리스를 그 괴상한 동물 옆에 홀로 남겨두고 떠났다. 앨리스는 그 동물의 생김새가 전혀 마음에 들지 않았지만, 그 야만적인 여왕을 따라가는 것이나 이 동물과 함께 있는 것이나 별반 다를 것이 없다고 생각했다.

졸린 눈을 비비며 일어나 앉은 그리핀은 여왕의 모습이 완전히 사라질 때까지 지켜보았다. 그러더니 낄낄거리며 웃었다. "아이 참, 우스워라." 그리핀이 반쯤은 자신에게, 반쯤은 앨리스에게 말했다.

"뭐가 우스운 거지?" 앨리스가 물었다.

"여왕 말이야." 그리핀이 말했다. "모든 게 여왕의 환상일 뿐이거든. 처형 같은 건 있지도 않아. 따라와!"

"여기서는 모두들 '따라와!' 라고 말하는구나." 앨리스가 생각하며 천천히 그리핀의 뒤를 따랐다. "전에는 그런 식의 명령을 받아본 적이 한 번도 없는데!"

얼마 가지 않아 그들은 저 멀리서 바위 귀퉁이에 홀로 쓸쓸히 앉아 있는 가짜 거북을 발견했다. 가까이 다가가자 가슴이 무너져라 한숨을 내쉬는 소리가 들렸다. 가짜 거북이 무척 안쓰럽게 느껴졌다. "왜 저렇게 슬퍼하는 거지?" 앨리스가 그리핀에게 물었다. 그리핀은 조금 전에 했던 말과 거의 비슷한 말을 했다. "모든 게 가짜 거북의 환상일 뿐이야. 슬픔 같은 건 있지도 않아. 따라와!"

그들이 다가가자 가짜 거북은 아무 말도 없이 눈물이 그렁그렁한 큰 눈으로 그들을 쳐다보았다.

"여기 이 어린 아가씨가 너의 이야기를 듣고 싶다는군." 그리핀이 말했다.

"그럼 이야기를 해주지." 가짜 거북이 깊고 공허한 목소리로 말했다. "둘 다 앉아. 그리고 내 이야기가 끝날 때까지 입도 뻥긋하지 마."

그래서 그들은 앉았고, 한동안 아무도 입을 열지 않았다. 앨리스는 생각했다. "시작도 안 하는 이야기를 어떻게 끝내겠다는 것인지 모르겠네."

"옛날엔……." 마침내 깊은 한숨을 내쉬며 가짜 거북이 이야기를 시작했다. "나도 진짜 거북이었단다."

이 말 뒤에 매우 긴 침묵이 흘렀다. 오직 그리핀의 '에취'

하는 기침 소리와 가짜 거북의 끊임없는 흐느낌 소리만이 침묵을 깨뜨렸다. 하마터면 앨리스는 벌떡 일어나 "재미있는 이야기 잘 들었어"라고 말해버릴 뻔했다. 하지만 분명 뒤에 이야기가 더 있을 거라고 생각하지 않을 수 없었고, 그래서 앨리스는 가만히 앉아 아무 말도 하지 않았다.

"우리가 어렸을 적에는……." 가짜 거북이 이윽고 말을 이었다. 아직도 이따금 훌쩍거리긴 했으나 아까보다는 훨씬 진정된 듯했다. "바다 속 학교에 다녔지. 선생님은 늙은 거북이었는데 우리는 그분을 남생이라고 불렀지."

"남생이가 아닌데 왜 남생이라고 불렀지?" 앨리스가 물었다.

"그분이 우리를 가르쳤으니까 그렇게 불렀지![10] 너 정말 멍청하구나!" 가짜 거북이 벌컥 화를 내며 말했다.

"그렇게 뻔한 걸 묻다니 부끄럽지도 않아?" 그리펀이 덧붙였다. 그러더니 그들은 입을 다물고 앉아 불쌍한 앨리스를 쳐다보았다. 앨리스는 쥐구멍에라도 들어가버리고 싶은 심정이었다. 마침내 그리펀이 가짜 거북에게 말했다. "이봐 친구, 어서 계속해. 이러다가 해 떨어지겠어." 그러자 가짜 거북이 이야기를 계속했다.

"그래, 우리는 바다 속 학교에 다녔지. 너는 믿지 않겠지만 말이야."

"난 믿지 않는다고 말한 적 없어!" 앨리스가 끼어들었다.

"아냐, 말했어." 가짜 거북이 말했다.

"조용히 못해?" 앨리스가 다시 입을 열기도 전에 그리펀이

저지했다. 가짜 거북이 이야기를 계속했다.

"우리는 정말 훌륭한 교육을 받았지. 매일 학교에 다니면서 말이야."

"나도 매일 학교에 다니고 있어. 그러니까 그건 그렇게 자랑할 일이 아니야." 앨리스가 말했다.

"특별 활동도 있어?" 가짜 거북이 다소 불안해하며 물었다.

"그럼. 우리는 프랑스어와 음악을 배웠어." 앨리스가 말했다.

"빨래하기도?" 가짜 거북이 말했다.

"그건 절대 아니지!" 앨리스가 화를 내며 말했다.

"아! 그렇다면 너희 학교는 정말 좋은 학교가 아니야!" 가짜 거북이 크게 안심한 목소리로 말했다. "우리 학교 등록금 고지서의 마지막 줄에는 이렇게 적혀 있었지. '프랑스어, 음악, 그리고 빨래하기――특별 활동!'"

"바다 밑에 살았으니 그런 게 그다지 필요하지 않았을 텐데." 앨리스가 말했다.

"난 그것을 배울 여유가 없어서 정규 과정만 공부했지." 가짜 거북이 한숨을 쉬며 말했다.

"정규 과정이라는 게 뭔데?" 앨리스가 물었다.

"처음엔 당연히 비틀거리기, 몸부림치기를 배우고 그 다음엔 산수의 여러 분과, 즉 야심, 정신혼란, 추화(醜化), 조롱을 배우게 되지."[11] 가짜 거북이 말했다.

"추화라는 과목은 처음 들어보는데, 그게 뭐야?" 앨리스가 용기를 내어 물었다.

그리핀이 놀라서 앞발들을 쳐들고 되물었다. "아니 추화를 처음 들었단 말이야? 미화라는 말은 아마 알겠지?"

"그건 알아. 그건……뭔가를……더 예쁘게……만든다는……뜻이잖아." 앨리스가 자신 없는 목소리로 말했다.

"그걸 알면서도 추화를 모른다면 넌 바보구나." 그리핀이 말했다.

앨리스는 추화에 대해 더 이상 물어볼 용기가 나지 않았다. 그래서 가짜 거북을 쳐다보며 말했다. "그것 말고 또 뭘 배웠지?"

가짜 거북이 양 앞발을 꼽아 과목들을 세어가며 대답했다. "바다지리학과 관련된 고대와 현대의 신비, 그 다음엔 잡아 늘이기. 잡아 늘이기 선생님은 늙은 붕장어였는데, 일주일에 한 번씩 와서 잡아 늘이기, 뻗기, 몸을 말아서 기절시키기 등을 가르쳤어."[12)]

"어떻게 하는 건데?" 앨리스가 말했다.

"그걸 보여줄 순 없어." 가짜 거북이 말했다. "난 너무 뻣뻣해서 안 되고, 그리핀은 배우지 못했고."

"시간이 없었거든. 하지만 나는 고전 음악을 배우러 다녔어. 선생님은 늙은 게였지." 그리핀이 말했다.

"나는 그 선생님에게는 배우지 않았어." 가짜 거북이 한숨을 쉬며 말했다. "그는 웃음과 슬픔을 가르쳤다고 하더군."

"그랬지, 그랬어." 이번에는 그리핀이 한숨을 쉬며 말했다. 두 동물 모두 앞발로 자기 얼굴을 가렸다.

"하루에 몇 시간씩 공부했니?" 화제를 바꾸려고 앨리스가 다급히 물었다.

"첫날은 열 시간, 다음 날은 아홉 시간, 그 다음 날은 여덟 시간……이런 식으로." 가짜 거북이 대답했다.

"그것 참 이상한 시간표구나." 앨리스가 말했다.

"그것이 바로 수업이 수업이라고 불리는 이유지. 수업이 매일매일 줄어드니까."[13] 그리핀이 대답했다.

이것은 앨리스가 보기에 아주 새로운 발상이었다. 앨리스는 그것에 대해 곰곰이 생각해보고 나서 말했다. "그럼 열하루째 되는 날은 쉬겠네?"

"물론이지." 가짜 거북이 말했다.

"그럼 열두 번째 날에는 어떻게 했니?" 앨리스가 계속해서 열심히 물었다.

"수업에 관한 이야기는 그것으로 충분해." 그리핀이 단호하게 가로막았다. "이제 운동에 관한 이야기를 들려주도록 해."

제10장 바다가재의 춤

가짜 거북은 깊은 한숨을 내쉬며 한쪽 앞발의 등을 자기 눈으로 가져갔다. 그는 앨리스를 보았고 이야기를 하려 했지만 한동안 목이 메었다. "목에 가시라도 걸린 것 같군." 그리펀이 가짜 거북을 흔들며 그의 등을 두드려주었다. 드디어 원래의 목소리를 되찾은 가짜 거북은 눈물을 흘리며 이야기를 시작했다.

"너는 바다 속에서 살아본 적이 없을 거야." ("맞아." 앨리스가 말했다.) "그리고 바다가재와 인사를 나눌 기회도 없었을 거야." (앨리스는 "먹어보기는……"이라고 말하다가 급히 멈추고 "그래, 없었어"라고 말했다.) "그러니 바다가재의 쿼드릴 춤이 얼마나 재미있는지 짐작도 못하겠지."

"그래, 맞아." 앨리스가 말했다. "그건 어떤 춤인데?"

"가르쳐주지." 그리펀이 말했다. "먼저 바닷가에 한 줄로 서서…….”

“두 줄이야!” 가짜 거북이 소리쳤다. “물개, 바다거북, 연어 등등이 줄을 서는 거야. 그런 다음 바닥의 해파리들을 깨끗이 걷어내고는…….”

“보통 그 일에 시간이 좀 걸리지.” 그리핀이 참견했다.

“……두 발짝 앞으로 나가서…….”

“모두가 각자 바다가재와 짝을 이루게 되지!” 그리핀이 큰 소리로 말했다.

“암, 두 발짝 앞으로 나가서 짝을 이루고…….” 가짜 거북이 말했다.

“……바다가재들을 바꾸고 같은 순서로 뒤로 물러나지.” 그리핀이 말했다.

“그러고 나서 힘껏 던지는 거야…….” 가짜 거북이 말했다.

“바다가재를!” 그리핀이 공중으로 뛰어오르며 외쳤다.

“……바다 멀리 힘껏…….”

“그리고 헤엄을 쳐서 그것을 쫓아가.” 그리핀이 외쳤다.

“바다 속에서 재주넘기를 하면서!” 가짜 거북이 신나게 까불어대며 소리쳤다.

“그리고 다시 바다가재를 바꾸는 거야.” 그리핀이 고래고래 소리를 질렀다.

“그리고 육지로 돌아오지. 그리고 다시 처음부터 하면 되는 거야.” 가짜 거북이 갑자기 힘 빠진 목소리로 말했다. 계속 미친 듯이 펄쩍펄쩍 뛰던 두 동물이 다시 매우 슬픈 표정으로 조

용히 앉아 앨리스를 쳐다보았다.

“아주 아름다운 춤이겠다.” 앨리스가 조심스럽게 말했다.

“조금이라도 보여줄까?” 가짜 거북이 말했다.

“정말 보고 싶어.” 앨리스가 말했다.

“좋아, 그럼 첫 부분을 해보자!” 가짜 거북이 그리핀에게 말했다. “바다가재가 없어도 할 수 있어. 그런데 누가 노래하지?”

“네가 해. 나는 가사를 잊어버렸어.” 그리핀이 말했다.

그들은 앨리스를 빙빙 돌며 진지하게 춤을 추기 시작했다.

그들은 가끔 앨리스에게 너무 바짝 붙어 지나가는 바람에 앨리스의 발가락을 밟기도 하고, 노래 박자에 맞추어 앞발을 흔들기도 했다. 가짜 거북이 매우 느리고 구슬프게 노래를 불렀다.

"좀 더 빨리 걸을 수 없겠니?" 대구가 달팽이에게 말했지.

"우리 바로 뒤에서 돌고래가 내 꼬리를 밟고 있어.

저기 새우와 바다거북이 얼마나 열심히 앞으로 나아가고 있는지를 봐!

조약돌 해변에서 우리를 기다리고 있어. 가서 함께 어울려 춤추지 않을래?

좋아? 싫어? 좋아? 싫어? 함께 춤출래?

좋아? 싫어? 좋아? 싫어? 함께 춤추지 않을래?"

"얼마나 즐거운지 넌 아마 모를 거야.

그들이 우리를 번쩍 들어 바다가재와 함께 우리를 저 바다 멀리 던질 때!"

하지만 달팽이는 대답했네. "너무 멀어, 너무 멀어." 그러고는 눈을 흘겼네.

대구에게 뜻은 고맙지만 춤은 추지 않겠다고 말했지.

안 할래, 할 수 없어, 안 할래, 할 수 없어, 함께 춤추지 않을래.

안 할래, 할 수 없어, 안 할래, 할 수 없어, 함께 춤출 수 없어.

"바다 멀리 가는 게 어때서?" 그의 비늘 달린 친구가 말했네.

"바다 저쪽에 또 다른 해변이 있지.

영국에서는 멀고 프랑스에서는 가까운 곳이지.

그러니까 겁내지 말고, 사랑스러운 달팽이 친구야, 자, 우리 함께 춤이나 추자고!

좋아? 싫어? 좋아? 싫어? 함께 춤출래?

좋아? 싫어? 좋아? 싫어? 함께 춤추지 않을래?"

"고마워, 아주 멋진 춤이구나. 특히 그 대구에 대한 재미있는 노래가 참 마음에 들어." 춤이 끝나자 다행으로 여기며 앨리스가 말했다.

"아, 대구에 관해 말하자면, 대구는……물론 대구를 본 적이 있겠지?" 가짜 거북이 말했다.

"그럼. 종종 대구를 저녁 식……." 앨리스가 말하다가 황급히 입을 다물었다.

"'저녁 식'이 어디인지는 모르겠지만, 어쨌든 네가 대구를 종종 봤다면 대구가 어떻게 생겼는지도 알겠구나." 가짜 거북이 말했다.

"아마 그럴 거야." 앨리스가 생각에 잠겨 대답했다. "꼬리를 입에 물고, 온몸에 빵가루를 뒤집어쓰고 있지."

"빵가루라니? 그건 아니야." 가짜 거북이 말했다. "빵가루는 바닷물에 다 씻겨버리잖아. 하지만 꼬리를 입에 물고 있기는 하지. 왜냐하면……." 여기서 가짜 거북이 늘어지게 하품을 하더니 눈을 감았다. "그 이유와 나머지 이야기는 네가 좀 말해줘." 가짜 거북이 그리핀에게 말했다.

"왜냐하면……." 그리핀이 말했다. "대구들이 바다가재와 춤을 추었기 때문이야. 그래서 그들은 바다로 멀리 던져졌지. 그래서 그들은 멀리 떨어져야 했지. 그래서 그들은 꼬리를 입에 단단히 물었지. 그래서 그들은 결국 다시 꼬리를 꺼낼 수가 없게 되었지. 여기까지야."

"고마워. 정말 흥미롭구나. 전에는 대구에 대해 그렇게 많이 알지 못했어." 앨리스가 말했다.

"원한다면 더 얘기해줄 수도 있어. 너는 왜 대구를 대구라고 하는지 아니?" 그리핀이 말했다.

"그런 건 생각해본 적이 없어. 왜 그렇지?" 앨리스가 말했다.

"장화와 구두를 그렇게 하기 때문이지."[14] 그리핀이 매우 진지하게 말했다.

앨리스는 어리둥절했다. "장화와 구두를 그렇게 한다고?"

"그래. 넌 네 구두를 무엇으로 그렇게 하지? 무엇으로 그렇게 반짝반짝하게 닦느냔 말이야." 그리핀이 말했다.

구두를 내려다본 앨리스가 잠시 생각해본 뒤 말했다. "내 생각엔 까맣게 구두약을 칠해서 그렇게 하는 것 같아."

"바다 속에서는 부츠와 장화를 하얗게 해서 윤을 내거든. 이제 알겠니?" 그리핀이 묵직한 어조로 말했다.

"그러면 부츠와 장화는 뭘로 만들지?" 앨리스가 매우 호기심 어린 목소리로 물었다.

"당연히 서대기와 장어로[15] 만들지." 그리핀이 짜증스럽다는 듯이 대답했다. "그 정도는 아기 새우도 다 알 거다."

"내가 대구라면 돌고래에게 '따라오지 마! 우린 너와 함께 가기 싫어!' 라고 말했을 거야." 앨리스가 아까 들은 그 노래를 생각하며 말했다.

"대구들에게는 돌고래가 꼭 있어야 해. 현명한 물고기라면 돌고래 없이는 아무 데도 가지 않을 거야." 가짜 거북이 말했다.

"그게 정말이야?" 앨리스는 깜짝 놀란 목소리로 물었다.

"그렇고말고. 어떤 물고기와 내게 와서 여행을 갈 거라고 말하면 나는 꼭 '어떤 돌고래하고?' 라고 묻지." 가짜 거북이 말했다.

"너 혹시 '목적' 을 말하는 거 아니니?[16]" 앨리스가 말했다.

"내 말이 맞다니까!" 가짜 거북이 화를 내며 대꾸했다. 그리핀이 끼어들었다. "자, 이젠 너의 모험담 좀 들어보자."

"오늘 아침부터 시작된 나의 모험에 대해서라면 얘기할 수 있을 거야." 앨리스가 머뭇거리며 말했다. "하지만 어제까지의 이야기는 쓸모가 없어. 어제는 내가 완전히 다른 사람이었으니까."

"전부 다 설명해봐." 가짜 거북이 말했다.

"아냐, 아냐! 모험 이야기를 먼저 해. 설명은 시간이 너무 많이 걸린다고." 그리핀이 조급해하며 말했다.

이렇게 해서 앨리스는 처음 하얀 토끼를 봤을 때의 일을 시작으로 모험 이야기를 시작했다. 괴상하게 생긴 두 짐승이 눈을 동그랗게 뜨고 입을 헤벌린 채 바짝 다가앉는 바람에 앨리스는 처음에는 좀 긴장했지만, 이야기를 해나가면서 점점 용기를 얻었다. 그들은 입도 뻥긋 않고 열심히 들었다. 그러나 앨리스가 애벌레 앞에서 '이젠 늙으셨어요, 윌리엄 신부님'을 암송하는데 어찌된 영문인지 자꾸 엉뚱한 말만 튀어나오게 되는 대목에 이르자 가짜 거북이 길게 한숨을 내쉬며 말했다.

"그것 참 이상한 일이군!"

"그렇게 이상한 일은 또 없을 거야." 그리핀이 말했다.

"자꾸 엉뚱한 말만 튀어나왔다!" 가짜 거북이 생각에 잠겨 되뇌었다. "지금 이 아이가 뭔가 암송하는 것을 한번 들어봤으면 좋겠어. 해보라고 해." 마치 그리핀이 앨리스를 좌지우지할 어떤 권한을 갖고 있는 존재인 것처럼 가짜 거북이 그리핀에게 말했다.

"일어나서 '이것은 게으름뱅이의 목소리라네'를 외워봐. 정신 차리고!" 그리핀이 말했다.

"동물이 사람에게 명령을 하고 배운 것을 외워보라고 시키다니! 갑자기 학교에 와 있는 것 같잖아." 앨리스가 생각했다. 하지만 앨리스는 일어나서 그것을 암송하기 시작했다. 머릿속이 바다가재의 쿼드릴에 대한 생각으로 가득 차 있어서 앨리스는 자기가 무슨 말을 하고 있는지 거의 알지 못했다. 앨리스의 입에서는 실로 엉뚱한 말들이 튀어나오고 있었다.

이것은 바다가재의 목소리라네. 나는 그의 소리를 들었네.

'너는 나를 너무 바짝 구웠고, 나는 내 머리카락에 설탕을 쳐야겠네.'

눈꺼풀이 있는 어느 오리처럼, 그는 코로
허리띠와 단추를 단정히 채우고, 발가락들을 예쁘게 꾸몄지.
백사장이 바짝 마르면, 그는 종달새처럼 즐거워하며
거만한 목소리로 상어에게 지껄여댔지.
그러나 조수가 밀려들고 상어가 나타나면
그의 목소리는 겁에 질려 떨리기까지 했다네.

“그건 내가 어릴 때 외우던 것과는 사뭇 다르군.” 그리핀이 말했다.

“나는 처음 듣지만, 뭔가 앞뒤가 안 맞아.” 가짜 거북이 말했다.

앨리스는 아무 말도 하지 않았다. 앨리스는 두 손에 얼굴을 묻으며 주저앉았고, 앞으로 영영 평범한 일은 일어나지 않는 게 아닐까 생각했다.

“설명을 좀 해줬으면 좋겠구나.” 가짜 거북이 말했다.

“이 아이는 설명할 수 없어.” 그리핀이 서둘러 말했다. “다음 구절을 계속해봐.”

“하지만 발가락들이라잖아.” 가짜 거북이 물고 늘어졌다. “어떻게 코로 발가락들을 꾸밀 수가 있겠어?”

“춤을 추려면 발부터 꾸며야지.” 앨리스가 말했다. 하지만 머릿속이 온통 뒤죽박죽이어서 앨리스는 화제를 바꾸고 싶었다.

“다음 구절을 계속해봐. ‘나는 그의 정원을 지나쳤네’로 시작하면 돼.” 그리핀이 말했다.

앨리스는 틀릴 것을 뻔히 알면서도 그리핀의 말을 따를 수밖에 없었다. 그래서 떨리는 목소리로 암송을 계속했다.

> 나는 그의 정원을 지나쳤네. 그리고 한눈에 알았다네.
> 부엉이와 표범이 어떻게 파이를 나누고 있는지.
> 부엉이가 자기 몫을 기다리며 접시만 가지고 있는 사이에
> 표범은 파이 껍질과 고기와 국물을 먹어치웠네.

파이가 없어진 다음에야 부엉이는 그 혜택으로
친절하게도 그 스푼을 가져가도록 허락받았네.
표범은 으르렁거리며 칼과 포크를 받았다네.
그리고 연회는 끝이 났다네…….

"잠꼬대 같은 소리 집어치워." 가짜 거북이 끼어들었다. "계속하려면 설명을 하든지. 정말이지 지금껏 내가 들어본 시 중에서 가장 이상한 시야!"

"그래, 이제 그만 하는 게 좋겠군." 그리핀이 말했다. 앨리스는 그만두게 되어 기쁠 따름이었다.

"그럼 바다가재의 쿼드릴이나 한 번 더 춰볼까? 아니면 가짜 거북의 노래나 한 곡 더 들을래?" 그리핀이 말했다.

"아, 노래가 좋겠어. 가짜 거북이 좋다면 말이야." 앨리스가 신이 나서 대답하자 그리핀은 조금 기분이 나빠진 듯 이렇게 말했다. "흥! 취향도 참 별나군! 이 아이에게 '바다거북 수프'를 불러주지 않겠나, 친구?"

가짜 거북은 깊이 한숨을 쉰 후 흐느껴 잠긴 목소리로 노래를 부르기 시작했다.

아름다운 수프, 푸짐한 초록빛 수프
뜨거운 수프 그릇에서 기다리고 있다네!
이런 맛있는 음식에 누가 굴복하지 않으리?
저녁의 수프, 아름다운 수프!

저녁의 수프, 아름다운 수프!
　　　아르—음다운 수우—우프!
　　　아르—음다운 수우—우프!
저—어—녁의 수우—우프,
　　　아름다운, 아름다운 수프!

아름다운 수프! 어느 누가 생선,
고기, 다른 음식을 바랄까?
오직 아름다운 수프를 위해서라면
무엇을 준들 아깝지 않으리?
오직 아름다운 수프가 비록 한 푼짜리라도?
　　　아르—음다운 수우—우프!
　　　아르—음다운 수우—우프!
저—어—녁의 수우—우프,
　　　아름다운, 아름다운 수프!

"후렴 다시!" 그리핀이 소리쳤다. 가짜 거북이 막 후렴을 다시 부르기 시작했을 때 멀리서 "재판을 시작한다!"라는 외침 소리가 들렸다.

"따라와!" 그리핀이 소리쳤다. 그리핀은 노래가 채 끝나기도 전에 앨리스의 손을 잡고 급히 떠났다.

"무슨 재판인데?" 앨리스가 뛰어가면서 숨 가쁘게 말했다. 그러나 그리핀은 그저 "따라와!"라는 말만 하고 더욱 빨리 달렸다. 그들의 뒤를 따라 산들바람에 실려 오던 처량한 노랫소리가 점점 더 희미해졌다.

저—어—녁의 수우—우프,
아름다운, 아름다운 수프!

제11장 누가 타르트를 훔쳤나?

그들이 도착하니 하트 왕과 하트 여왕이 옥좌에 앉아 있었다. 그리고 주위에는 갖가지 새와 짐승들, 그리고 한 벌의 카드 병정들이 모여 있었다. 그들 앞에 잭이 사슬에 묶인 채 서 있었다. 두 병사가 양쪽에서 그를 지키고 있었고, 왕 옆에는 하얀 토끼가 한 손에는 트럼펫을, 다른 한 손에는 양피 두루마리를 들고 서 있었다. 법정 한가운데에 탁자가 하나 있었고, 그 위에는 타르트들이 담긴 커다란 접시가 놓여 있었다. 타르트가 너무나 먹음직스러워서 그것을 본 앨리스는 몹시 배가 고팠다. "재판이 끝난 뒤 간식으로 나눠 주면 얼마나 좋을까." 앨리스는 생각했다. 하지만 그럴 가능성은 없어 보였다. 앨리스는 시간을 보내기 위해 주변의 모든 것을 살펴보기 시작했다.

앨리스는 법정에 처음 와봤지만 책에서 법정에 대해 읽은 적이 있었고, 그래서 그곳에 있는 거의 모든 것의 이름을 알아맞히면서 매우 즐거워했다. "저건 판사. 저 커다란 가발을 쓰고 있으니까." 앨리스가 중얼거렸다.

그런데 판사는 바로 왕이었다. 그는 가발 위에 왕관을 썼는데(어떤 모습인지 보고 싶다면 이 책 6쪽의 그림을 보라), 아주 불편하고 어색해 보였다.

"저곳이 배심원석이겠지. 그리고 저 열두 마리 동물(배심원 중에 짐승들과 새들이 섞여 있었으므로 앨리스는 '동물'이라고 말할 수밖에 없었다)이 배심원들일 거야." 앨리스는 배심원이라는 말을 두세 번 반복해 말하며 우쭐해했다. 자기 또래의 여자 아이들 중에 그 단어의 의미를 아는 아이는 극히 드물 것이기 때문이었다.

열두 명의 배심원은 무엇인가를 바쁘게 석판에 쓰고 있었다. "저들이 지금 뭘 하고 있는 거지?" 앨리스가 그리핀에게 속삭였다. "재판이 시작되기 전에는 아무 것도 쓸 게 없을 텐데."

"자기 이름을 쓰고 있는 거야. 재판이 끝나기 전에 자기 이름을 잊어버릴까 봐." 그리핀이 나직한 목소리로 대답했다.

"바보 같은 것들!" 무심코 큰 소리로 말을 내뱉은 앨리스가 황급히 입을 다물었다. 하얀 토끼가 "법정에서는 정숙하시오!"라고 소리쳤기 때문이었다. 왕이 안경을 쓰더니 누가 떠드는지 알아보려고 걱정스럽게 주위를 둘러보았다.

배심원들의 어깨 너머로 직접 들여다본 것은 아니지만, 앨리스는 배심원 모두가 이제 석판에 '바보 같은 것들!'이라고 쓰고 있다는 것을 알 수 있었다. 그중에는 '바보' 라는 글자를 쓸 줄 몰라 다른 배심원에게 물어보는 이도 있었다. "재판이 끝나기도 전에 석판이 엉망이 되겠어." 앨리스는 생각했다.

배심원 중 하나가 연필로 석판 긁는 소리를 냈다. 앨리스는 참을 수가 없었다. 그래서 법정을 빙 둘러 그 배심원의 등 뒤로 간 다음 기회를 엿보다가 재빨리 연필을 빼앗아버렸다. 앨리스가 얼마나 순식간에 그 일을 해냈는지, 그 가련한 작은 배심원(그는 바로 도마뱀 빌이었다)은 그런 일이 일어났다는 것조차 알아채지 못했다. 빌은 연필을 찾아 주위를 몇 번 두리번거렸지만, 결국 나머지 시간엔 손가락으로 글을 써야 했다. 그러나 손가락으로는 석판에 아무 표시도 남길 수 없으므로 손가락으로 쓰는 것은 아무 소용이 없었다.

"전령, 고소장을 읽어라!" 왕이 말했다.

왕의 명령이 떨어지자 하얀 토끼는 들고 있던 트럼펫을 세 번 힘차게 분 뒤 양피 두루마기를 풀어 목청껏 읽기 시작했다.

하트 여왕께서 타르트를 만드셨지.
그 더운 여름 내내.
하트 잭, 그는 그 타르트를 훔쳐서
어디론가 멀리 달아나버렸네!

"평결하라." 왕이 배심원들에게 외쳤다.

"아직 아니에요, 아직 아니에요!" 하얀 토끼가 황급히 가로

막았다. "그 전에 거쳐야 할 절차가 많이 있습니다!"

"첫 번째 증인을 불러라." 왕이 말했다. 그러자 토끼는 다시 한번 트럼펫을 힘차게 세 번 분 뒤에 소리쳤다. "첫 번째 증인!"

첫 번째 증인은 모자 장수였다. 그는 한 손에는 찻잔을, 다른 손에는 버터 바른 빵을 들고 입장했다. "이런 것들을 들고 나온 것을 용서해주십시오, 폐하! 부름을 받았을 때 차를 마시던 중이었습니다." 모자 장수가 말했다.

"다 마시고 왔어야지. 언제 차를 마시기 시작했느냐?" 왕이 물었다.

모자 장수는 3월의 토끼를 쳐다보았다. 3월의 토끼는 겨울잠쥐와 팔짱을 끼고 모자 장수를 따라 법정에 와 있었다. "제 생각으로는 3월 14일인 것 같습니다." 모자 장수가 말했다.

"15일이야!" 3월의 토끼가 말했다.

"16일이야!" 겨울잠쥐가 말했다.

"모두 기록해라." 왕이 배심원들에게 말했다. 배심원들은 석판 위에 그들이 말한 세 날짜를 열심히 적고는 그 날짜들을 모두 더하고 더한 답을 다시 실링과 펜스로 환산했다.

"너의 모자를 벗어라!" 왕이 모자 장수에게 말했다.

"이건 제 것이 아닙니다." 모자 장수가 말했다.

"훔쳤구나!" 왕이 배심원들 쪽을 보며 큰 소리로 외쳤고, 배심원들은 즉시 그것을 기록했다.

"팔려고 가지고 있는 겁니다. 제가 가지고 있는 건 모두 제

것이 아닙니다. 저는 모자 장수입니다." 모자 장수가 설명했다.

여왕이 안경을 끼고 날카로운 시선으로 노려보자 모자 장수는 더욱 안절부절못하며 새파랗게 질려갔다.

"증언을 시작해라. 그리고 우물쭈물하지 마라. 그렇지 않으면 당장 처형하겠다." 왕이 말했다.

이 말은 모자 장수에게 조금도 용기를 줄 수 없었다. 그는 다리를 떨면서 여왕을 불안하게 쳐다보았다. 그리고 너무 당황한 나머지, 빵을 한 입 베어 문다는 게 그만 찻잔을 꽉 깨물었다.

바로 그때 앨리스는 뭔가 이상한 기분을 느꼈다. 매우 어리둥절해하던 앨리스가 마침내 까닭을 알게 되었다. 앨리스의 몸이 다시 커지고 있었던 것이다. 앨리스는 더 커지기 전에 법정을 빠져나가야겠다고 생각했다. 하지만 한 번 더 생각한 앨리스는 공간 여유가 있을 동안에는 그냥 거기에 남아 있기로 작정했다.

"제발 그렇게 밀지 좀 말아. 숨이 막힐 지경이야." 앨리스 옆에 앉아 있던 겨울잠쥐가 말했다.

"어쩔 수가 없어. 내 몸이 막 자라고 있거든." 앨리스가 미안한 듯 말했다.

"넌 여기에서 자랄 권리가 없어." 겨울잠쥐가 말했다.

"어리석은 소리 하지 마! 너도 자라고 있잖아." 앨리스가 좀 더 대담하게 말했다.

"그래, 하지만 난 정상적인 속도로 자라고 있어. 너처럼 그

렇게 터무니없이 자라지는 않는단 말이야.” 이렇게 말한 겨울잠쥐는 뾰로통해져서 법정의 맞은 편 자리로 옮겨 갔다.

그사이 모자 장수를 눈 한 번 떼지 않고 노려보고 있던 여왕이 겨울잠쥐가 법정을 가로질러 갈 때 한 법정 관리에게 말했다. “지난번 음악회에서 노래했던 가수들의 명단을 가져오너라.” 이 말을 들은 모자 장수는 신발이 벗겨질 정도로 심하게 몸을 떨었다.

“증언을 시작해라.” 왕이 화를 내며 말했다. “그렇지 않으면 네가 긴장했든 아니든 너의 목을 베어버리겠다.”

“저는 보잘것없는 자입니다, 폐하.” 모자 장수가 떨리는 목소리로 말을 하기 시작했다. "제가 차를 마시기 시작한 것은……약 일주일 전이옵고……그리고 무엇 때문에 버터 바른 빵이 이렇게 얇아져가는지……차의 반짝임이……."

"무엇의 반짝임?" 왕이 말했다.

"그것은 차와 함께 시작되었어요." 모자 장수가 대답했다.

"당연히 반짝임은 T로 시작되지![17] 날 놀릴 작정이냐? 계속해." 왕이 날카롭게 말했다.

"저는 보잘것없는 사람입니다." 모자 장수가 말을 이었다. "그 일이 있은 후 모든 것이 반짝이기 시작했습니다……3월의 토끼가 말하기를……."

"난 아무 말도 안 했어." 3월의 토끼가 허겁지겁 가로막았다.

"네가 그랬잖아." 모자 장수가 말했다.

"난 부인해." 3월의 토끼가 말했다.

"그가 부인했다. 그 부분을 삭제해라." 왕이 말했다.

"아, 그렇다면 겨울잠쥐가 말하기를……." 모자 장수는 겨울잠쥐도 그렇게 부인하는 게 아닐까 알아보려고 불안한 얼굴로 주위를 둘러보았다. 그러나 겨울잠쥐는 자고 있었으므로 아무 것도 부인하지 않았다.

"그 일이 있은 후 저는 버터 바른 빵을 조금 잘라서……." 모자 장수가 말을 이었다.

"그런데 겨울잠쥐가 뭐라고 말했다는 거지?" 배심원 하나가 물었다.

"그건 기억이 나지 않습니다." 모자 장수가 말했다.

"기억해내라. 그렇지 않으면 네 목을 베겠다." 왕이 말했다.

새파랗게 질린 모자 장수가 들고 있던 찻잔과 빵을 떨어뜨리고 한쪽 무릎을 꿇었다. "저는 아주 보잘것없는 사람입니다, 폐하!"

"너는 정말 말하는 솜씨가 형편없구나." 왕이 말했다.

이때 기니피그 한 마리가 박수를 쳤으나 법정 관리들에 의해 즉각 제지당했다. (이것은 다소 난해한 말이므로 어떻게 된 것인지 설명하겠다. 법정 관리들은 커다란 자루 속에 기니피그를 머리부터 집어넣고 자루 입구를 끈으로 동여맨 후 그것을 깔고 앉았다.)

"저런 걸 다 보게 되다니 정말 좋아. 재판이 끝난 후 신문에서 '환호와 폭소가 터졌으나 법정 관리들에 의해 즉각 제지되었다' 따위의 기사를 종종 봤는데, 지금까지 그게 무슨 뜻인지 전혀 몰랐었거든." 앨리스가 생각했다.

"아는 것을 다 말했다면 내려가도 좋다." 왕이 말했다.

"더 내려갈 데가 없습니다. 여기가 바닥이거든요." 모자 장수가 말했다.

"그렇다면 앉아도 좋다." 왕이 말했다.

이번에도 다른 기니피그 한 마리가 박수를 쳤다가 제지당했다.

"저러다 기니피그들 죽겠네. 이제 진행이 좀 더 순조로워지겠지." 앨리스가 생각했다.

"저는 차라리 차를 마저 마시러 갔으면 하는데요." 모자 장

수가 가수들의 명단을 읽고 있는 여왕을 불안한 눈길로 쳐다보며 말했다.

"가도 좋다." 왕이 말했다. 그러자 모자 장수는 심지어 신발 신는 시간도 지체하지 않으려 맨발로 급히 법정을 떠났다.

"저자를 쫓아 나가 목을 베라!" 여왕이 한 법정 관리에게 말했다. 그러나 그 관리가 문에 도착하기도 전에 모자 장수의 모습은 사라져버렸다.

"다음 증인을 불러라." 왕이 말했다.

다음 증인은 공작 부인의 요리사였다. 그녀는 후춧가루 상자를 들고 있었다. 앨리스는 그녀가 법정에 들어서기 전부터 그녀임을 짐작할 수 있었다. 문 근처에 있던 사람들이 일제히 재채기를 시작했기 때문이었다.

"증언을 시작해라." 왕이 말했다.

"싫습니다." 요리사가 말했다.

왕이 근심스럽게 하얀 토끼를 쳐다보자 토끼가 나지막하게 말했다. "폐하, 반대 심문을 하셔야죠."

"그래야 한다면 해야지." 왕이 구슬프게 대답했다. 그리고 팔짱을 끼고 잔뜩 찌푸린 얼굴로 그녀를 쳐다보면서 낮은 목소리로 말했다. "타르트의 재료가 뭐지?"

"주로 후추입니다." 요리사가 말했다.

"당밀이야." 요리사의 뒤에서 잠이 덜 깬 어떤 목소리가 말했다.

"저 겨울잠쥐를 당장 끌어내라." 여왕이 날카롭게 외쳤다. "겨울잠쥐의 목을 베라! 겨울잠쥐를 법정에서 쫓아내라! 저것을 눌러라! 저것을 꼬집어라! 저것의 수염을 몽땅 뽑아버려라!"

얼마 동안 겨울잠쥐를 끌어내느라 법정은 아수라장이 되었다. 겨우 진정되었을 때 요리사는 사라지고 없었다.

"신경 쓸 것 없다." 왕이 크게 안도하며 말했다. "다음 증인을 불러라." 그러고 나서 왕은 작은 목소리로 여왕에게 말했다. "여보, 다음 증인은 당신이 심문하구려. 심문하느라 머리가 다 지끈지끈하오."

명단을 부지런히 뒤적이는 하얀 토끼를 바라보며 앨리스는 다음 증인은 어떤 존재일지 매우 호기심을 느꼈다. "아직 증언이라고 할 만한 것이 별로 없었잖아." 앨리스가 혼잣말을 했다. 마침내 하얀 토끼가 그 가느다란 새된 목소리를 높여 "앨리스!"라고 이름을 불렀을 때 앨리스는 기겁하지 않을 수 없었다.

제12장 앨리스의 증언

"여기 있어요!" 앨리스는 지난 몇 분 동안 자신이 얼마나 커졌는지 까맣게 잊어버리고 큰 소리로 대답했다. 앨리스가 갑자기 벌떡 일어서는 바람에 앨리스의 치마 끝자락이 배심원석을 쓸고 지나갔다. 배심원들이 아래의 방청객 머리 위로 몽땅 굴러 떨어져 여기저기서 허우적거렸다. 이 광경을 보고 앨리스는 지난주에 자기가 실수로 엎었던 둥근 금붕어 어항을 떠올렸다.

"아, 정말 죄송합니다." 앨리스가 매우 당황스러운 목소리로 사과하고 배심원들을 급히 배심원석으로 올려놓기 시작했다. 머릿속에서 금붕어 사건이 떠나지 않았기 때문에 바닥에 떨어진 배심원들을 빨리 배심원석으로 되돌려놓지 않으면 그들이 죽어버릴 것 같은 생각이 어렴풋이 들었던 것이다.

"배심원들이 모두 제자리로 돌아가기 전에는 재판을 진행할

수 없다." 왕이 위엄 있는 목소리로 이렇게 말하고는 앨리스를 노려보며 한 번 더 "모두"라고 말했다.

배심원석을 쳐다보던 앨리스는 자신이 허둥대느라 도마뱀을 거꾸로 올려놨다는 것을 깨달았다. 그 불쌍한 작은 도마뱀은 꼼짝달싹 못하고 꼬리만 허공에서 처량하게 흔들고 있었다. 앨리스는 곧 도마뱀을 똑바로 돌려놓았다. 그러면서 속으로 중얼거렸다. "뭐 대수로운 일이라고. 바로 놓으나 거꾸로 놓으나 재판에는 별 도움도 안 될 텐데."

뒤엎어졌던 충격에서 어느 정도 벗어난 배심원들은 석판과 연필을 다시 찾아 들고, 자신들이 당한 사고의 정황을 부지런히 적어 내려가기 시작했다. 그러나 도마뱀 빌만은 충격이 너무 컸던지 입을 헤벌린 채 법정 천장만 멍하니 올려다보고 있었다.

"이 일에 대해 네가 알고 있는 게 뭐냐?" 왕이 앨리스에게 물었다.

"아무 것도 없습니다." 앨리스가 말했다.

"전혀 아무 것도?" 왕이 다시 물었다.

"전혀 아무 것도 없습니다." 앨리스가 말했다.

"그 점은 아주 중요해." 왕이 배심원들을 돌아보며 말했다. 배심원들이 이 말을 석판에 기록하려는 순간에 하얀 토끼가 가로막았다. "'중요하지 않다'는 말씀이시겠죠, 폐하." 하얀 토끼가 공손한 어조로, 그러나 잔뜩 인상 쓴 얼굴로 왕을 바라보며 말했다.

"당연히 중요하지 않다는 말이지." 왕이 허둥대며 이렇게 말하고는 혼잣말로 중얼거렸다. "중요하다……중요하지 않다……중요하지 않다……중요하다……." 마치 어느 말이 더 그럴듯하게 들리는지 시험이라도 하는 듯했다.

몇몇 배심원은 '중요하다' 라고 적었고 또 다른 몇몇 배심원은 '중요하지 않다' 라고 적었다. 앨리스는 배심원석 가까이에서 있었기 때문에 이것을 볼 수 있었다. "그게 무슨 상관이야." 앨리스가 생각했다.

바로 그때 공책에 뭔가를 열심히 적고 있던 왕이 "정숙하라!"라고 외치더니 그 공책을 소리 내어 읽었다. "규칙 제42조. 키가 1,600미터 이상 되는 자는 누구든 법정을 떠나야 한다."

법정 안의 모든 시선이 앨리스에게 집중되었다.

"제 키는 1,600미터가 아니에요." 앨리스가 말했다.

"아니야, 맞아!" 왕이 말했다.

"거의 3,000미터는 되겠네." 여왕이 가세했다.

"어쨌든 저는 안 나갈 거예요. 게다가 그것은 정식 법률도 아니잖아요. 폐하가 방금 이 자리에서 만들었잖아요." 앨리스가 말했다.

"이건 가장 오래된 규정이야." 왕이 말했다.

"그렇다면 어째서 제1조가 아니고 제42조인 거죠?" 앨리스가 말했다.

왕은 얼굴이 창백해져 황급히 자기 공책을 덮었다. "평결을 내려라." 왕이 낮고 떨리는 목소리로 배심원들에게 말했다.

“안 됩니다, 폐하. 아직 제출할 증거가 남았습니다. 이 종이가 방금 발견되었습니다.” 하얀 토끼가 벌떡 일어나며 말했다.

“그 안에 뭐가 들어 있지?” 여왕이 말했다.

“아직 열어보진 않았습니다만, 피고가 누군가에게 쓴 편지 같습니다.” 하얀 토끼가 말했다.

“당연히 그럴 테지. 그게 아니라면 그건 누구에게도 쓰지 않은 편지일 텐데, 그런 건 아주 드물잖아.” 왕이 말했다.

“누구에게 가는 겁니까?” 배심원 하나가 말했다.

“누구에게 가는 게 아닙니다. 겉에 아무 것도 적혀 있지 않으니까요.” 하얀 토끼가 이렇게 말하며 종이를 펴보았다. “이건 편지가 아니군요. 시가 한 수 적혀 있습니다.”

“피고의 필체인가요?” 또 다른 배심원이 물었다

“아니에요, 그런 것 같지 않습니다. 하지만 정말 이상합니다.” 하얀 토끼가 말했다. (배심원들은 모두 어리둥절해 보였다.)

“저자가 분명 누군가의 필적을 흉내 냈을 거야.” 왕이 말했다. (배심원들의 표정이 다시 밝아졌다.)

“폐하, 제가 쓴 게 아닙니다. 끝에 서명이 없으니 제가 썼다는 증거도 없지 않습니까?” 잭이 말했다.

“네가 서명을 하지 않았다면 그건 문제를 더 악화시킬 뿐이야. 너는 필시 떳떳하지 못한 짓을 했어. 네가 정직한 사람이라면 왜 서명을 하지 않았겠느냐?” 왕이 말했다.

방청석에서 박수 소리가 터져 나왔다. 왕이 처음으로 정말

똑똑한 말을 했기 때문이었다.

"이로써 저자가 유죄임이 입증되었으니, 어서 목을……."

여왕이 말했다.

"입증되지 않았어요. 폐하는 그 시에 어떤 내용이 씌어 있는지도 모르시잖아요." 앨리스가 말했다.

"시를 읽어라." 왕이 말했다.

안경을 꺼내 쓴 하얀 토끼가 왕에게 물었다. "어디서부터 읽을까요, 폐하?"

"처음부터 시작해서 끝까지 읽은 다음 멈춰라." 왕이 매우 근엄하게 말했다.

하얀 토끼가 시를 낭송하기 시작하자 법정이 물을 끼얹은 듯 조용해졌다.

사람들은 네가 그녀를 찾아갔고,
내 얘기를 그에게 했다고 내게 말하더군.
그녀는 나에게 멋지다고 말했지만,
난 수영을 못한다고 말했지.

그는 내가 떠나지 않았다고 그들에게 말했네.
(우리는 그것이 사실이라는 걸 알고 있지)
만약 그녀가 그 일을 계속 밀고 나간다면,
너는 과연 어떻게 될까?

난 그녀에게 하나를, 그들은 그에게 둘을 주었네.
너는 우리에게 셋 이상을 주었지.
그들은 그에게서 모든 것을 빼앗아 너에게 주었네.
예전엔 내 것이었던 것을.

만약 그녀나 내가 이 사건에
우연히 말려든다면
그는 예전에 우리가 그랬듯이
네가 그들을 풀어줄 거라고 믿었네.

나는 알지, 네가
(그녀가 그렇게 변덕을 부리기 전에)
그와 우리와 그리고 그것 사이에 놓인
장애물이라는 것을

그녀가 그들을 무엇보다 좋아한다는 걸
그에게는 말하면 안 되네.
이것은 언제까지나 너와 나만의,
그리고 누구에게도 밝힐 수 없는 비밀이라네.

"이것이야말로 지금까지 나온 것 중에서 가장 중요한 증거로군." 왕이 두 손을 마주 비비며 말했다. "그러니 이제 배심원들은……."

앨리스가 왕의 말을 가로막고 나섰다(앨리스는 몇 분 사이에 엄청나게 커졌기 때문에 왕의 말을 가로채는 것도 전혀 두렵지 않았다). "배심원들 중에 누구라도 이 시를 알기 쉽게 설명할 수 있다면, 저는 그에게 6펜스를 주겠어요. 저는 그 시에 눈곱만치의 의미도 없다고 생각해요."

배심원들이 부지런히 석판 위에 기록했다. '그녀는 이 시에 눈곱만치의 의미도 없다고 생각한다.' 그러나 시를 설명하겠다고 나서는 배심원은 하나도 없었다.

"이 시에 아무 뜻이 없다면 아주 커다란 수고는 덜게 되겠군. 의미를 찾아내려고 고생할 필요가 없을 테니까. 하지만 확실히 모르겠군." 왕이 말했다. 왕은 무릎 위에 그 시를 펼쳐놓고 한쪽 눈을 감고 들여다보았다. "내가 보기에는 분명 이 안에 어떤 의미가 담겨 있는 것 같은데……. '수영을 못한다고 말했지' 이런 구절이 마음에 걸려. 너는 수영을 할 줄 모르잖아, 그렇지?" 왕이 잭을 보고 말했다.

잭은 슬픈 표정으로 고개를 저었다. "제가 수영을 좋아할 것처럼 보이십니까?" (온몸이 네모난 두꺼운 종이로 만들어진 그는 분명 수영을 좋아할 것 같지 않았다.)

"여기까지는 됐고." 왕이 말했다. 왕은 계속 시를 읽어가며 혼잣말로 중얼거렸다. "'우리는 그것이 사실이라는 걸 알고 있지' ──이것은 물론 배심원들이고── '만약 그녀가 그 일을 계속 밀고 나간다면' ──이것은 분명 여왕이고── '너는 과연 어떻게 될까?' ──정말 어떻게 될지!── '난 그녀에게 하나를, 그들은 그에게 둘을 주었네' ──음, 이것은 분명 잭이 타르트를 가지고 무슨 짓을 했다는 거야."

"하지만 그 다음에 '그들은 그에게서 모든 것을 빼앗아 너에게 주었네' 라는 구절이 있잖아요." 앨리스가 말했다.

"바로 그거야! 그것들이 저기에 있잖아!" 왕이 의기양양하게 탁자 위의 타르트를 가리키며 말했다. "저것보다 분명한 증거가 어디 있겠어? 자, 다음을 볼까? '그녀가 그렇게 변덕을 부리기 전에'……여보, 당신은 변덕을 부린 적이 없잖소?" 왕이 여왕에게 말했다.

"절대 없어요." 여왕이 이렇게 말하며 도마뱀에게 맹렬히 잉크스탠드를 던졌다. (불쌍한 작은 도마뱀 빌은 손가락으로는 석판에 글씨를 쓸 수 없어서 그동안 아무 것도 기록하지 못하고 있었다. 하지만 이제 빌은 자기 얼굴에서 뚝뚝 떨어지는 잉크를 손가락에 찍어 부지런히 다시 쓰기 시작했다.)

"그러니 이 말은 당신에게 맞지 않소." 왕은 이렇게 말하고 미소를 띤 채 법정을 둘러보았다. 침묵이 흘렀다.

"이건 말장난이야!" 왕이 화난 말투로 말하자 모두가 웃었다. "배심원들은 평결을 내려라!" 왕이 말했다. 벌써 오늘만 스무 번째 하는 말이었다.

"아니야, 아니야!" 여왕이 소리쳤다. "선고가 먼저고 평결이 그 다음이야."

"말도 안 돼요! 선고를 먼저 내리는 게 어디 있어요?" 앨리스가 큰 소리로 말했다.

"입 닥쳐!" 여왕이 얼굴이 새빨개지며 말했다.

"그렇게는 못해요." 앨리스가 말했다.

"이것의 목을 베어라!" 여왕이 고래고래 소리를 질렀다. 그러나 아무도 움직이지 않았다.

"누가 너희를 겁내겠니?" 앨리스가 말했다(앨리스는 이제 원래의 키만큼 다 커져 있었다). "너희는 보잘것없는 카드들일 뿐이야!"

이 말에 모든 카드들이 일제히 공중으로 솟구치더니 앨리스를 향해 날아들었다. 한편으로는 겁도 나고 한편으로는 화도 나서 앨리스는 작게 비명을 질렀고, 카드들을 후려쳐서 떨어뜨리려고 했다. 그러다가 문득 앨리스는 자신이 강기슭에서 언니의 무릎을 베고 누워 있다는 것을 깨달았다. 언니는 앨

리스의 얼굴에 떨어져 내린 낙엽을 부드러운 손길로 쓸어내고 있었다.

“이제 그만 일어나렴, 앨리스. 무슨 잠을 그렇게 오래 자니!” 언니가 말했다.

“아, 나는 너무너무 이상한 꿈을 꾸었어!” 앨리스가 말했다. 그리고 앨리스는 여러분이 지금까지 읽은 앨리스의 이상한 모험 이야기를 기억나는 대로 언니에게 들려주었다. 이야기를 다 들은 언니는 앨리스에게 입을 맞추고 말했다. “정말 신기한 꿈이구나. 하지만 당장 집으로 달려가지 않으면 차 마실 시간에 늦겠다.” 앨리스는 벌떡 일어나 달리기 시작했다. 달려가면서 정말 신기하고 재미있는 꿈을 꾸었다고 생각했다.

앨리스가 가버린 후에도 언니는 턱을 괴고 앉아, 뉘엿뉘엿 지는 해를 바라보며 어린 앨리스와 앨리스의 신기한 모험에 대해 생각하고 있었다. 그러다가 깜빡 잠이 들어 꿈을 꾸기 시작했다. 이런 꿈이었다.

먼저 언니는 앨리스를 보았다. 다시 한번 앨리스가 그 작은 손으로 언니의 무릎을 꼭 잡고 초롱초롱 반짝이는 두 눈으로 언니를 바라보고 있었다. 언니는 앨리스의 목소리를 생생하게 들을 수 있었고, 눈으로 들어가곤 하는 나풀거리는 머리카락을 뒤로 보내느라고 고개를 까딱거리는 그 앙증맞은 몸짓도 볼 수 있었다. 언니가 귀를 기울이자, 아니 귀를 기울이는 듯하자 그녀를 둘러싼 공간이 동생의 꿈에 나왔던 신기한 동물들과 함께 살아 움직이는 곳으로 변했다.

바삐 뛰어가는 하얀 토끼의 발길에 스쳐 바스락거리는 풀잎 소리, 놀란 생쥐가 눈물의 웅덩이에서 헤엄치는 소리, 3월의 토끼와 그의 친구들이 찻잔을 부딪치는 소리, 불운한 손님들을 처형하라고 명령하는 여왕의 날카로운 고함 소리, 접시나 쟁반이 요란하게 깨지는 가운데 공작 부인의 품에 안긴 돼지 아기가 재채기하는 소리, 그리핀의 괴상한 고함 소리, 도마뱀 빌이 석판 위에 연필을 그어대는 소리, 자루 속에 갇힌 기니피그의 신음 소리, 가짜 거북의 흐느끼는 소리가 한데 어우

러져 허공을 가득 메웠다.

그렇게 언니는 눈을 감고 앉아서 자신이 그 이상한 나라에 있다고 반쯤 믿고 있었다. 그렇지만 눈을 뜨면 모든 것이 다시 지루한 현실로 바뀌리라는 것을 언니는 알고 있었다. 풀잎은 단지 바람으로 인해 바스락 소리를 낼 것이고, 웅덩이에는 단지 바람에 흩날리는 갈대로 인해 잔물결이 일 것이다. 찻잔 달그락거리는 소리는 양떼의 방울 소리로, 여왕의 날카로운 호통 소리는 목동의 목소리로, 그리고 아기의 재채기 소리, 그리핀의 새된 소리, 그 밖의 다른 모든 이상한 소리는 바쁜 농장에서 들려오는 떠들썩한 일상의 소리로 바뀔 것이다(그녀는 알고 있었다). 가짜 거북이 흐느끼는 소리도 저 너머에서 울어대는 소의 음매 소리로 바뀔 것이다.

끝으로 그녀는 이 어린 동생이 세월이 흘러 성숙한 여인이 되는 것을, 성숙한 여인이 된 앨리스가 여전히 어린 시절의 순박하고 다정한 마음을 간직하고 있는 것을, 성숙한 여인이 된 앨리스가 아이들에게 많은 신기한 이야기와 오래전에 꿈에서 본 신기한 나라에 대한 이야기를 들려주며 그들의 눈을 초롱초롱 빛나게 만드는 것을, 성숙한 여인이 된 앨리스가 어린 시절과 행복했던 여름날을 기억하며 아이들의 순박한 슬픔과 기쁨을 함께 나누는 것을 마음속에 그려보았다.

— 작가 인터뷰 —

나른한 오후의 다과회

Lewis Carroll

이 인터뷰는 Morton N. Cohen, *Lewis Carroll : A Biography*(Vintage, 1996) ; Karoline Leach, *In the Shadow of the Dreamchild : A New Understanding of Lewis Carroll*(Peter Owen, 1999) ; William Empson, *Some Versions of Pastoral*(New Directions, 1935) ; Nina Auerbach, "Alice in Wonderland : A Curious Child", *Victorian Studies* 17(1973)을 참조하여 옮긴이가 가상으로 꾸민 것이다.

남기헌_ 안녕하세요, 선생님. 작품에 나오는 것처럼 차를 준비했는데, 어떠신지요? 우선 독자들이 가장 궁금해하는 것이 필명의 선택이 아닐까 생각하는데……. 어떤 내력이 있는지 말씀해주시겠습니까?

캐럴_ 루이스 캐럴Lewis Carroll은 찰스 루트위지 도지슨Charles Lutwidge Dodgson이라는 생물학적 존재의 문학적 페르소나persona라고 할 수 있습니다. 사실 루이스 캐럴이라는 이름조차 양면성을 지니고 있습니다. 저는 성직자가 되려했던 도지슨과는 다른 존재를 만들어낸 것이며 이는 또한 제 작품의 특성을 표현하기도 하니까요. 필명이란 실생활에서 접할 수 있는 개인의 세계와는 다른 세계, 어떤 경우는 그것과 모순되기까지 한 다른 세계를 표현할 때 꼭 필요한 페르소나가 아닐까 생각합니다. 어쩌면 수많은 전기 작가들이 만들어낸 '신화' 속에 살고 있는 인물인 '루이스 캐럴'은 성직자가 되려 했던 '찰스 도지슨'의 양면성을 해치지 않기 위해 존재하는 게 아닌가 생각합니다. 아마도 제 소설의 모델이었던 앨리스 리델이 바로 소설 속의 '앨리스'와 동일 인물이라고 볼 수 없는 것과 같은 이치겠죠. '도지슨'이 빅토리아 시대의 위기감을 반영했다면, '캐럴'은 그 시대의 욕구를 반영한 것이 아니었나 생각합니다. 특히 '캐럴'은 환상으로 가득 찬 자기기만의 향수와 순수 시대의 종말을 상징하는 것이 아닐까 스스로 반문해봅니다. 따라서 필명은 작품과 작가의 전기를 지나치게 동일시하려는 비평가들의 집요함에서 벗어날 수 있는 장치라고 할 수도 있죠. 물론 정신분석학자들은 이러한 것들도 무의식의 반영으로 해석하긴 하지만요, 하하하.

남기헌_ 이 작품은 판타지fantasy임이 분명하지만, 전형적인 동화의 전통을 전복시키는 힘이 있습니다. 어린이들뿐만 아니라 어른들에게도 판타지의 위상을 깨우쳐준 작품이라 생각되는데, 이에 관해서 선생님의 의도를 간략하게 설명해주세요.

캐럴_ 아동 문학이라는 범주로 봐야 하는지는 잘 모르겠습니다. 우선 전통적인 동화의 틀이 아닌 것은 분명합니다. 이야기의 틀로 보면 분명 아동을 위한 문학이긴 하지만, 그런 형식에는 전통적인 틀을 깨고 새로운 영역을 알리려는 의도가 담겨 있는 것입니다. 아동 문학이라면 단순히 어린아이들에게 교훈적인 이야기를 전달하려는 것이 주목적일 테지만 제 작품은 오히려 어른들에게 많은 것을 깨우쳐주지 않나 생각합니다. 그러나 어른들이 이 책을 읽을 때 아마도 어른들의 관점이 오히려 작품을 이해하는 데에 방해가 될 수도 있을 것입니다. 동심의 순수함이 사라진 상태에서 과거에 대한 향수만 가지고 의미를 파악하기는 쉽지 않을 테니까요. 《신기한 나라의 앨리스*Alice's Adventures in Wonderland*》의 마지막 부분은 현실과 환상의 경계가 모호한데, 이는 우리가 과학적 이성론에 근거한 인식만으로 모든 것을 재현할 수는 없다는 것을 강조한다고 할 수 있습니다.

남기헌_ 네, 맞습니다. 현재 판타지는 문학에서 중요한 부분을 차지하고 있고, 현실에 대한 사실주의적 고정관념을 깨는 역할로 인해 많은 관심을 받고 있습니다. 이를 반영하듯 최근에 많은 판타지 소설들이 영화화되어 그 분위기를 이어가고 있다고 봅니다. 출판과 관련된 일화를 좀 설명해주시겠습니까?

캐럴_ 《신기한 나라의 앨리스》는 사실주의적 작품은 아닙니다. 또한 단순히 동화적 상상력만으로 쓰인 작품도 아니고요. 현실과 판타지는 이항대립적 관계라고 볼 수 있을 것입니다. 따라서 판타지는 현실의 타자로서 현실의 문제를 다른 관점에서 볼 수 있는 계기를 제공한다고 봅니다. 이런 맥락에서 이 작품을 판타지로 보는 시각이 도움이 될 거라고 생각합니다. 이 작품을 구상한 것은 1862년 여름의 오후였던 것으로 기억합니다. 리델 가(家)의 세 아이들——여덟 살에서 열세 살까지의——과 함께 물가의 성지라고 할 수 있는 곳에서 오후를 보내고 있었죠. 그곳은 가정이나 사회에서 격리된, 아이들의 천진난만함이 가득한 활기찬 곳이었어요. 작은 공주님들은 나에게 얘기를 해달라고 졸랐습니다. 열 살 먹은 앨리스의 집요함이 없었다면 이 작품은 존재하지 않았을지도 모릅니다. 돌아보면, 앨리스가 자꾸 졸라대서 이야기를 시작했고, 결국 2년 반 정도 걸려서 원고를 완성하게 된 것입니다. 그러는 동안에 지인인 맥도널드 부부가 원고를 읽고 자기 자녀들에게 들려주었는데, 어린 아들인 그레빌이 6만 권짜리 책쯤 되었으면 좋겠다고 말할 정도로 호응이 좋았다고 합니다. 사실 이 작품을 썼을 때 출판할 생각은 없었습니다. 출판은 완전히 나중에 든 생각이었습니다. 보통, 작가가 출판을 서두르게 되는 것은 친구들의 압력 때문이죠. 서문에서 밝혔듯이 저의 《신기한 나라의 앨리스》는 단지 하나의 작은 싹이 성장해 출판본이 된 것이며, 출판 직전의 원고에 더 많은 장들과 사건들 그리고 등장인물을 추가해서 살을 붙인 것입니다. 적당한 출판업자를 기다리고 있던 저는 친구의 소개로 토머스 쿰과 쿰의 손님이자 저와 구면이었던 알렉산더 맥밀런을 만나게 되었죠. 알렉산더는 맥밀런 출판사——현재 세계 최대의 출판사 중 하나가 되어 있는——를 운영하는 형제 중 동생이었습니다. 맥밀런 출판사가 찰스 킹즐리의 《물의 아이들*The Water-Babies*》이라는 아동 문학 작품을 5개월 전에 출판한 터여서 저는 그 출판사가 《신기한 나라의 앨리스》에도 관심을 보일 것이라고 생각했습니다. 그리고 저의 생각대로 우리는 출판에 합의했습니다.

남기헌_ 삽화가인 존 테니얼이 첫 판본의 삽화를 담당했는데, 그의 삽화를 사용하신 특별한 이유가 있나요?

캐럴_ 제가 처음에 마음먹은 제목은 '앨리스의 지하 세계 모험Alice's Adventures Underground'이었고, 이때 삽화는 제가 그렸습니다. 책의 말미에 앨리스의 얼굴을 그렸는데 마음에 들지 않아서 앨리스 리델의 사진을 붙여놓기도 했습니다. 그러나 정식 출판을 위해 《펀치*Punch*》라는 잡지에서 활동 중인 당대의 가장 유명한 삽화가 테니얼의 도움을 받기로 했습니다. 그의 스타일이 저의 작품에 잘 맞는다고 판단했기 때문이었죠. 친구인 톰 테일러의 소개로 1864년 1월 25일에 런던에서 테니얼을 만났습니다. 그는 매우 친절했고 저의 제의에 긍정적인 반응을 보였어요. 1864년 여름 내내 맥밀런 출판사와 테니얼과 함께 출판과 관련된 사항들을 토의했고, 여러 가지 일치하지 않는 부분이 생기면 주로 제가 받아들이는 편이었죠. 2,000부의 초판을 찍었는데, 첫 판이 나왔을 때 테니얼이 삽화가 마음에 들지 않게 나왔다며 다시 찍자고 했고, 다시 찍은 인쇄물을 가지고 최종적으로 그의 허락을 받은 뒤에야 책이 나올 수 있었죠. 이유는 알 수 없지만 테니얼과의 작업은 그것으로 끝이었고요.

남기헌_ 작품에 관해서 몇 가지 질문을 드리죠. 우선 이 작품은 흔히 빅토리아 시대의 세계관을 뒤집어 보여준다고 여겨지는데, 그 전략과 방법에 대해서 간략하게 설명해주세요.

캐럴_ 빅토리아 시대의 가장 중요한 변화의 핵심에 찰스 다윈의 진화론이 놓여 있습니다. 진화론은 영국 사회의 근간인, 창조론에 바탕을 둔 기독교 정신을 뒤흔든 대사건이었습니다. 인간과 사회에 대한 인식의 전환을 가져온 것이죠. 《신기한 나라의 앨리스》가 출판되기 6년 전인 1859년에 다윈의 《종의 기원*The Origin of Species*》이 출판되었고, 제가 옥스퍼드 대학을 다니던 1860년에 영국학술협회 모임에서 토머스 헉슬리와 윌버포스 주교의 진화론 논쟁이 있었습니다. 이 논쟁에서 윌버포스 주교는 헉슬리에게 인간이 원숭이에서 진화했다면 아버지 쪽인지 어머니 쪽인지 물었는데 이때 헉슬리는 원숭이에서 진화했다는 것이 창피한 일이 아니라 훌륭한 재능을 가지고 진실을 호도하는 데 사용하는 것이 창피한 일이라고 말했던 것으로 알고 있습니다. 이러한 진화에 관한 논쟁이 모호한 형태로 작품에 반영된 것이 사실입니다. '코커스 경주'에 관한 부분에서 '코커스caucus'라는 것이 바로 이러한 논쟁을 위한 회의라고 볼 수 있습니다. 또한 이런 논쟁의 장에서 여러 동물이 등장하거나 멸종한 새인 도도가 등장하는 것은 진화와 자연도태에 관한 관심의 표현입니다. 성직을 추구했던 사람으로서 제게 다윈의 진화론은 분명 상당한 도전이었습니다. 작품에서는 유일한 인간인 앨리스가 이제 인간이 자연의 통제자로서의 존재 의미를 상실했음을 보여주며, 잔인성이 원시적 존재의 양식임이 드러나고 있죠. 또한 인간이 유인원으로 후퇴하는 것에 대한 우려도 반영돼 있고요.

남기헌_ 이 작품을 정신분석학적으로 분석하려는 시도가 많은데, 이에 대한 선생님의 생각은 어떠한지요?

캐럴_ 아무래도 현실적인 면보다는 환상적인 세계에 대한 관심이 두드러진 작품이기 때문에 정신분석학적 접근이 가능하다고 봅니다. 그런 분석은 물론 비평가들의 몫이지만, 나름대로 생각해보면 어린이의 세계는 분명 어른 세계의 반영 혹은 역반영이라고 할 수 있겠습니다. 특히 마지막 부분을 보면 모든 것이 앨리스의 꿈인지 아닌지 모호해서 더 많은 심리 분석이 가능하지 않을까 생각합니다. 눈물의 바다가 어머니의 양수(羊水)로 여겨질 수 있겠고, 따라서 앨리스의 경험은 충분히 무의식의 영역으로 간주될 수 있다고 봅니다. 정신분석학이 주장하는 것처럼 모든 텍스트가 작가나 사회의 무의식의 표현이라고 한다면 그렇겠죠? 하지만 개인적으로는, 환상의 세계는 현실과 동떨어진 비현실의 세계가 아니라 전혀 다른 세계일 뿐이라는 것을 강조하고 싶습니다. 따라서 제 작품에는 노골적이지는 않지만 당시의 시대적인 문제의식도 담겨 있으니, 그런 부분에 대한 접근도 필요하다고 생각합니다. 저를 둘러싼 가공의 '신화' 보다는 인간적인 '현실' 에 대한 생각이 더 중요하다고 봅니다.

남기헌_ 그렇다면 선생님께 큰 영향을 미친 작가나 사상가를 꼽아주시겠어요?

캐럴_ 우선 종교적인 측면에서 말한다면 콜리지Samuel Taylor Coleridge와 모리스Frederick Denison Maurice라고 할 수 있습니다. 확고한 국교론자셨던 아버지는 저를 어릴 때부터 성직자로 키우려고 하셨습니다. 목사이신 아버지가 거치신 학교들을 저도 똑같이 다녀야만 했죠. 종교적 성스러움이 지배하는 집안에서 성장한 저의 입장에서 보자면, 콜리지와 모리스는 자신들의 유니테리언Unitarian 교육에 저항하고 기독교의 범주 안에서 새로운 이해를 추구한 인물들이라고 생각합니다. 콜리지는 광역교회Broad Church의 정신적 창시자였다고 여겨지며, 모리스는 그 교회의 최고 성직자였다고 봅니다. 콜리지는 제가 두 살 때 사망했지만, 모리스는 제 아버지와 동시대 사람으로서 친분이 있었죠. 콜리지의 신학적 변론인 《명상을 위한 도움*Aids to Reflection*》은 특히 저에게 많은 영향을 주었습니다. 모리스는 이미 중요한 인물이었고, 종종 '예언자'라고 불리기도 했습니다. 모리스는 콜리지의 영향으로 아버지의 유니테리언 교회를 거부하고 영국 국교회로 개종했습니다. 특히 모리스는 콜리지가 사후에 공격을 받자 그를 변호했으며 일반인들에게도 자신의 사상과 신앙을 쉽게 전달하려고 했습니다. 콜리지에 따르면 인간은 이성적 능력과 토론을 통해서 종교적 믿음을 얻는 것이 아니라 오로지 몰입에 의해서만 그렇게 될 수 있습니다. 개인적인 믿음이었겠지만 그는 기독교의 보편적 요소를 가능하게 하는 통합적 원리를 발견했다고 봅니다.

그리고 문학적 영향은 저와 같은 시대를 산 시인 테니슨에게서 받았다고 해야겠죠. 저는 그의 종교적 신념에 동조했는데, 그 점에서 가장 큰 영향을 받았다고 생각합니다. 그리고 빅토리아 시대의 작가들과 함께 낭만주의 작가들의 영향도 빼놓을 수 없겠습니다.

남기헌_ 그렇다면 어떤 부분에서 영향을 받았다고 말할 수 있을까요?

캐럴_ 아마도 낭만주의 시대의 작가들이 많은 관심을 가졌던 어린 시절의 순수함이 아닐까 싶습니다. 윌리엄 블레이크의 '순수innocence'나 윌리엄 워즈워스의 어린 시절의 순수함에 대한 동경이겠죠. 그들이 추구했던 연속성보다는 어린 시절의 행복했던 생명 향유에 대한 열정적인 향수라고 할까요?

남기헌_ 그렇다면 선생님께서 많이 사용한 용어인 'child-friend'와 관계가 있나요? 그리고 매우 민감한 문제이긴 하지만 언급하지 않을 수 없어서 질문을 하겠습니다. 사진작가로서도 명성을 누렸던 선생님의 어린 소녀들의 사진 촬영이 아동성애pedophile에 대한 오해를 불러일으키는데, 그 부분에 대해서 함께 설명해주시겠습니까?

캐럴_ 저에 대해서 긍정적 입장에 서 있는 전기 작가들조차도 어린 여자 아이들에 대한 애정을 나의 성적 에너지가 비전통적인 출구를 찾은 것으로 봅니다. 혹은 제가 감정적으로 성숙하지 못했기 때문에 대체로 비성적(非性的)이었다는 식으로 변호를 하기도 합니다. 물론 앨리스 리델의 존재는 제 생애와 작품에서 가장 중요합니다. 1880년경에 제가 갑자기 사진을 그만둔 것은 우선 새로운 사진 기술의 발달이 오히려 사진에 대한 제 관심을 떨어뜨렸기 때문이라고 볼 수 있습니다. 새로 등장한 건판 현상(現像) 기술은 이전의 습식과는 달리 현상에 걸리는 시간을 단축시켜주기는 하지만 예술적으로는 열등하다는 생각이 들었습니다. 게다가 그때쯤 제가 이스트본에서 여름휴가를 보냈는데, 그곳에 사진 장비를 가져갈 수도 없었습니다. 그리고 글을 쓰는 데 더 많은 시간을 보내기도 했고요. 가을에 옥스퍼드로 돌아와서는 학문적 생활의 압력이 훨씬 증가되어 시간을 내는 것도 힘들었고, 또 사진보다는 그림에 관심을 가지기 시작했죠. 어린 소녀들의 나체를 그리는 일이 오히려 제 관심을 끌었죠. 사실 사진과 어린 여자 아이들에 관한 관심은 병행적으로 이어져왔다고 볼 수 있습니다.

특히 아동성애 운운하는 것은 아마도 시대적 상황에 대한 이해가 부족한 탓이리라고 생각합니다. 아이들에게 관심을 갖는 것은 저라는 개인의 특별한 성적 취향이었다기보다는 그 시대의 공통적인 문화였다는 점을 강조하고 싶습니다. 아동성애라는 용어는 크라프트 에빙Richard Kraft-Ebing에 의해 1880년대에 처음으로 사용되기 시작했는데, 빅토리아 시대 사람들은 그 이전의 시대에 살았고 그것을 다른 개념으로 이해했다고 생각합니다. 제가 아이들에게 관심을 갖는 것은 기이한 성적 편향성 때문이 아닙니다. 아이들에 대한 저의 열정이나 사랑은 영국 문화, 특히 낭만주의 전통에 기인한 것이라고 생각합니다. 낭만주의의 대표적인 시인인 워즈워스에게 있어서 아이들은 자연과 가장 가깝게 교감할 수 있는 존재입니다. 어떤 의미에서 보면 아이들에 대한 저의 생각은 워즈워스의 생각보다는 콜리지의 생각에 더 가까울 듯합니다. 워즈워스가 아이들을 신성시하며 이상화했다면 콜리지는 아이들에게서 순수하고 흠이 없는 직관적인 힘을 발견했다고 보입니다. 또한 콜리지는 그것을 즐기고 보존하려 했는데, 이 역시 저의 생각과 비슷한 것이 아닌가 생각합니다.

당시에 벌거벗은 여자 아이들의 모습을 담는 것은 지엽적 성애의 표현이나 주변적 포르노그래피가 아니라 풍경이나 누드를 묘사한 그림과 사진의 주요 흐름이었습니다. 여자 아이들의 누드는 지나친 성적 정체성에 의해 오염되지 않은 천상적인 아름다움, 가장 순수한 형태의 아름다움을 보여준다고 여겨졌습니다. 수많은 화가와 사진사들이 이러한 순수한 성을 작품에 담으려고 했던 것을 보면 알 수 있습니다. 이처럼 어린이가 아름다움의 이상으로 여겨진 것은 상위 예술에서뿐만 아니라 중산층의 대중문화에서도 마찬가지였습니다. 털 없는 불두덩을 드러낸 비너스의 모습으로 장식된 크리스마스 카드를 주고받는 것은 당시에 쉽게 목격할 수 있는 일이었죠. 물론 반대론자들도 있었어요. 칼뱅주의자들이나 복음주의자들은 누드 자체를 악으로 규정해 모든 누드를 죄악시했습니다. 실제로 아동 포르노그래피가 유행하기도 했지만 이것 역시 특별한 반감을 불러일으키는 경우는 거의 없었죠.

제 사진이나 그림에 성적인 요소가 있다는 것은 인정합니다. 아동기나 성애의 발아를 감각적으로 칭송하는 것을 두고 성적인 에너지가 없다고 부정하는 것도 잘못이며, 단순히 성적 변태로 여기는 것도 잘못이라고 봅니다. 그렇게 본다면 당시 빅토리아 시대 사람들은 전부 변태가 되어버리니까요.

남기헌_ 성직자처럼 결혼을 하지 않고 독신으로 사셨는데, 여자 아이들이 아닌 여성에 대해서 성적인 관심을 갖고는 계셨나요?

캐럴_ 하하하, 물론입니다. 덧붙이자면, 어린 여자 아이들에게만 관심이 있었던 것도 아니었습니다. 제가 여자 아이들만 사랑했고 성숙한 여성에게는 전혀 관심이 없었던 것처럼 많은 사람들이 오해합니다. 저는 아이들이 성장한 뒤에도 그들과 친밀한 관계를 유지했고 즐겼습니다. 육체적 성숙미를 보이는 세미누드 모델들을 연구하기고 했고, 수많은 나체의 여성들을 다룬 예술 작품을 소장하기도 했습니다. 또한, 저 같은 독신 남성이 성숙한 여성들에게 접근해 모델로 삼는 데는 도덕적 제약이 있었고, 어린 여자 아이들에게 접근하는 쪽이용이했다는 점도 말해두고 싶습니다. 사실 제가 사귀었던 성숙한 여성들도 많았습니다. 유부녀였던 콘스턴스 버치, 미망인이었던 이디스 슈트와 새라 블랙모어, 그리고 독신이었던 시오 히피, 메리 밀러나 아이자 보먼 같은 여성들이었죠. 제 삶에서 우정과 위안의 원천이 되었던 사람들입니다.

남기헌_ 《신기한 나라의 앨리스》는 셰익스피어, 성경과 함께 가장 많이 출판되는 책으로 꼽히고, 심지어 '앨리스 산업'이라고 불릴 정도로 작품과 관련된 상품들이 쏟아져 나오는 실정입니다. 지금까지 많은 곳에서 앨리스에 대한 관심이 지속돼온 이유가 뭐라고 생각하십니까?

캐럴_ 글쎄요. 작가의 의도를 단정하기는 쉽지 않겠죠. 작가의 작품은 한 개인의 삶에 근거를 두고 있지만 그것만은 아니라고 생각합니다. 제 작품이 가져온 한 가지 변화는 아동 문학이 혁신되어 성인 문학과의 구분이 모호해졌다는 것입니다. 흔히 지적하는 바이지만 난센스의 세계에 대한 새로운 인식이 《신기한 나라의 앨리스》가 가져다준 새로운 효과라고 생각합니다.

남기헌_ 그렇다면 혹시 부조리와 난센스-무의미는 서로 다른 것인가요? 사뮈엘 베케트Samuel Beckett는 보통 부조리 작가로 여겨지는데, 선생님은 이와 어떻게 구별된다고 보십니까?

캐럴_ 음, 부조리가 한 의미의 체계 안에서 상반되는 의미들을 대조시키는 것이라면 무의미는 전혀 다른 의미의 체계가 존재함을 전제하는 것이 아닌가 생각합니다. 따라서 무의미는 의미의 체계가 달라서 이해할 수 없는 것일 뿐, 다른 의미 체계 안에서라면 의미가 전혀 없는 것이 아니죠. 따라서 두 의미 체계 사이에 종속 관계는 존재하지 않으며 두 의미 체계의 공존이 가능하다고 봅니다. 우리는 이런 차이를 부정하고 하나의 의미 체계로 다른 의미 체계를 이해하려고 한다고 생각합니다.

남기헌_ 얘기하는 동안 차가 식어버린 것 같네요. 선생님의 작품을 둘러싼 논란이 많이 해소된 듯합니다. 감사합니다.

캐럴_ 작가의 전기적 사실이 중요하긴 하지만, 작품 자체를 왜곡시키지 않는 범위에서 참조하는 것이 바람직한 것 같습니다. 차 대접 감사합니다.

작가 연보

Lewis Carroll

루이스 캐럴Lewis Carroll(본명은 찰스 루트위지 도지슨 Charles Lutwidge Dodgson)은 1832년에 영국 데어스베리의 낡은 목사관에서 태어났다. 빅토리아 시대의 전형적인 중상류층 가정의 가장인 아버지 찰스 도지슨은 크라이스트 처치 칼리지를 졸업하고 데어스베리의 시골 마을 목사로 있었다. 그는 1827년에 사촌인 프랜시스 제인 루트위지와 결혼했다. 이 근친혼은 캐럴의 천재성의 근거이자 말더듬의 원인으로 언급되기도 한다.

데어스베리라는 외딴 시골 마을에서의 11년간의 생활은 캐럴의 작품에 종종 등장한다. 《신기한 나라의 앨리스*Alice's Adventures in Wonderland*》에 등장하는 하얀 토끼나 그 밖의 동물들을 바로 데어스베리의 들판이나 정원에서 볼 수 있었다. 이 시기에 그는 한 문학 양식인 아크로스틱acrostic(어떤 단어의 각 글자가 시행들의 첫 글자를 이루도록 구성하는 시 형식)을 많이 연습했다.

사회 변혁기이던 당시의 영국에서는 개혁 법안, 식민지에서의 노예제 폐지, 9세 이하 어린이의 고용을 금지하는 공장 법안, 차티스트 운동, 국회 개혁, 중국에서의 아편 전쟁, 윌리엄 4세의 사망과 빅토리아 여왕의 계승, 여왕과 앨버트 공의 결혼 등 다양한 사건들이 일어났다. 그러나 캐럴은 이러한 세상과는 완전히 동떨어져서 살았다. 캐럴의 아버지는 가난한 사람들을 위한 목회를 했으며 교구의 운하를 통과하는 선상에서 목회를 하기도 했다. 가정에서 엄격한 기독교인의 의미를 지키며 종교적 생활을 하는 것이 데어스베리의 지배적 분위기였다.

과외를 통해서 수입을 증대하려고 했지만 여전히 교구 목사의 가정은 재정적으로 빈궁했다. 열 명의 자녀를 둔 캐럴의 어머니는 전통에 따라서 딸들을 가정에서 교육시켰으며, 동시에 교구 목사의 사모 역할을 수행했다.

캐럴은 그녀가 가장 사랑하던 자녀였다. 그는 천사 같은 어머니의 사랑을 느꼈고, 어느 누구보다도 어머니를 존경했다. 아버지도 캐럴의 훈육에 열심이었는데, 그는 캐럴에게 라틴어, 수학, 고전, 그리고 영국 문학을 가르쳤다. 또한 그는 아들에게 자신의 종교적 원칙을 주입했다. 어린 시절 캐럴은 부모의 훈육을 받아들였고, 특히 기독교 교리에 많은 영향을 받았다. 어린 시절 캐럴은 재능 있고 예민하고 열정적이었지만 장애가 있었다. 말더듬증도 있었고, 고열로 인해 오른쪽 귀의 청

력이 약한 편이었다.

1843년 캐럴이 열한 살 되었을 때 아버지가 크로프트 교구장으로 임명되어 그곳으로 이사를 하게 되었다. 조지아풍의 전망을 가진 커다란 삼층짜리 교구관은 넓은 정원과 크로케를 하기에 적합한 잔디밭을 갖추고 있었다. 아버지는 여전히 열정적으로 교구를 운영했다. 연간 1,000파운드 이상의 수입은 가족을 부양하는 것은 물론 자선 사업도 가능케 했다. 캐럴의 집안은 아침, 저녁으로 가족 기도를 올리고 일요일에는 성경을 읽고 종교 서적을 탐독하는, 기독교적 질서가 압도하는 신성한 분위기였다.

크로프트 시절에 캐럴의 타고난 재능이 나타나기 시작했다. 캐럴은 목수의 도움을 받아 인형극장을 만들고, 극본을 쓰고, 꼭두각시 인형극을 공연했다. 그림, 시, 단편들도 이 시기에 쏟아져 나왔다. 캐럴의 초기 작품들은 이미 성숙하고 자신감을 드러내는 것이었다. 그는 어휘나 은유 등에 있어서 또래들을 앞서 갔다. 다른 가정들처럼 캐럴의 가정에서도 가족 신문을 만들거나 스크랩북을 만들었다. 캐럴의 가족이 만든 여덟 개의 잡지 중 네 개가 현재 남아 있는데, 대부분 캐럴의 작품으로 구성되어 있다.

1845년 말에 캐럴은 《유용하고 교훈적인 시*Useful and Instructive Poetry*》를 편집했다. 이 작품집은 캐럴의 가장 초기 책자에 속하며, 여기에 실린 시들은 동생들에게 도덕적 지침을 알려주기 위한 것이었다. 캐럴은 열세 살의 나이에 비해 세련

된 재치를 갖고 있어서, 셰익스피어, 블레이크, 낭만주의 시인들, 아이작 월턴, 테니슨 등을 언급할 정도였다. 이 시기부터 그의 언어유희에 대한 관심이 나타났다.

캐럴은 이 시기에 집에서 16킬로미터 정도 떨어진 리치먼드 학교에 다녔고, 스웨일 하우스에서 기숙했다. 이곳에서의 학습 내용은 아버지에게 가르침 받은 것과 크게 다르지 않았다. 열네 번째 생일날인 1846년 1월 27일에 캐럴은 집을 떠나 럭비 학교에 입학했다. 이 학교는 당시 영국의 가장 훌륭한 공립학교로 꼽히는 곳이었고 또 지리적 이점도 있었다. 캐럴은 이 학교에서 4년을 보낸 뒤 옥스퍼드 대학 입학을 준비하기 위해 1849년에 크로프트로 돌아왔다. 두 개의 가족 잡지가 이 시기에 만들어졌다. 이 잡지에서 새로운 점은 합성어 같은 언어적 실험이 나타나고 있다는 것이다. 열여덟 살이 되면서 문학의 다양한 형태——수수께끼, 웃긴 시, 이야기——가 등장하기 시작한다.

1850년 5월 23일, 캐럴은 옥스퍼드 대학 크라이스트 처치 칼리지로부터 입학 허가를 받았다. 대학 부총장 앞에서 학교 규율을 지킬 것을 맹세하고 영국 국교회의 30개 조항에 대한 서명을 한 뒤 그는 옥스퍼드 대학의 일원이 되었다. 그리고 1851년 1월 24일부터 옥스퍼드에서 학업을 시작했다. 그러나 어머니가 뇌종양으로 갑작스럽게 사망해 이틀 만에 크로프트로 돌아가야 했다.

1855년 8월 중순경에 캐럴은 크라이스트 처치 칼리지의 학장으로 부임한 헨리 리델을 만났고, 1856년에 봄에 처음으로 그의 아이들을 만났다. 캐럴의 일기가 몇 장 뜯겨져 나갔기 때문에 정확한 것은 알 수 없다. 캐럴의 일기에는 리델 가(家)가 옥스퍼드에 도착한 직후 2년간의 기록이 없다.

스물다섯 번째 생일이 다가오던 1857년 말에 캐럴은 자신의 직업적 기술을 완벽하게 하기 위해 노력했다. 톰쿼드에 살고 있던 캐럴은 책의 수입 덕분에 10월 30일에 더 좋은 환경으로 이사했다. 이곳은 두 개의 침실, 옷방, 식당, 암실 및 다용도실을 갖춘 훌륭한 집이었다. 그의 접견실은 어린 방문객들에겐 신비의 나라로 여겨졌다. 샹들리에도 추가로 달았고, 벽에는 책장도 설치했다. 게다가 당시 유명했던 윌리엄 드 모건에게 맡겨 화로를 장식하는 타일에 이국적인 동물을 그려 넣게 했다. 움직이는 곰 인형들, 춤추는 인형들, 모든 종류의 장난감과 퍼즐들로 가득 찬 방이었다. 이미 이때쯤 캐럴은 사진작가로 명성을 얻었다. 사진을 통해서 그는 계급적 장벽을 넘어 수많은 유명 인사들과 접촉할 수 있었다. 또한 이런 친분을 통해서 다니엘 테니얼과 테리 가(家) 사람들을 만날 수 있었다. 1863년 초에 먼로 가 사람들과 어울릴 때는 단테 가브리엘 로제티를 만나기도 했다. 로제티를 통해서는 스윈번을 만났다.

이 기간 동안 캐럴의 작품 활동은 눈에 띄게 활발했다. 1862년에는 여동생들의 도움을 받아 "Miss Jones"라는 시를 썼고, 몇 개의 잡지에 시를 발표하기도 했다. 1866년에는 드

라마를 써서 톰 테일러에게 보냈는데, 테일러를 통해 이것을 본 엘런 테리로부터 긍정적인 평을 듣기도 했다. 1869년 그는 첫 시집 《환상과 다른 시편*Phantasmagoria and Other Poems*》을 출판했다. 200여 쪽에 달하는 이 시집에는 20여 편의 시가 실려 있다.

캐럴은 1866년 7월에는 트라팔가 광장 근처의 호텔에 머물면서 개혁을 요구하는 민중들을 목격했고 이듬해 4월에는 개혁 법안을 읽어보기 위해 국회의사당에 들어가려 했는데, 이로 미루어 적어도 정치에 관심이 많았던 것 같다. 또한 캐럴은 점점 대학의 문제들에 관심을 갖기 시작했고, 1861년 11월에는 벤저민 자우엣의 월급 인상에 관한 제안을 담은 "Endowment of the Greek Professorship"이라는 풍자시를 쓰기도 했다. 1865년에는 미국의 남북전쟁에 관한 모의 기사를 쓰는 것에 매료되어 《아메리칸 텔레그램스*American Telegrams*》라는 신문을 인쇄했는데, 여기에는 크라이스트 처치의 교육과 행정에 대한 개혁을 바라는 캐럴의 심정이 담겨 있었다.

1854년과 1856년의 개혁 법안이 많은 변화를 가져왔지만, 크라이스트 처치에서는 여전히 감독관과 심의관들이 전권을 장악하고 있었다. 불만의 고조를 감지한 교회 당국자들에 의해 개혁이 이루어지긴 했지만, 1857년이 되어서야 학생들이 토론에 참여할 수 있었다. 모든 수학적, 사회적, 정치적, 문학적 사상들로 가득 찼던 1862년 7월 4일 캐럴은 《신기한 나라의 앨리스》를 쓰기 시작했다. 이후 2년 동안 그는 많은 에너지를 이 작품을 쓰는 데 바쳤다. 테니얼과의 삽화 문제로 시간이 지연된 끝에 1866년에 초판이 나왔다. 1866년 8월 24일에 그가 맥밀런 출판사에《신기한 나라의 앨리스》의 후속작에 대해 언급한 것으로 보아 그의 다음 작품인《거울 나라의 앨리스 *Through the Looking-Glass*》도 1860년대에 속하는 작품이라고 볼 수 있다.

1868년에 아버지가 사망했고, 이는 캐럴에게 커다란 변화를 가져왔다. 런던에서 생활하면서 크로프트의 가족들을 보는 것에 소홀해졌던 그는 아버지가 사망한 후 집안의 일을 맡았고, 길드퍼드에 '체스트너츠The Chestnuts'라는 넓은 저택을 사서 이후 일을 보러 다니는 사이사이에 가족들과 시간을 보내곤 했다.

1869년에《신기한 나라의 앨리스》독일어 번역판과 프랑스어 번역판이 나왔다. 그리고 이탈리아어 번역판도 준비 중에 있었다. 캐럴은 1868년쯤에는 자신이 출판 비용을 마련해야 했었으나 그 이후에는 출판으로 수익을 올리기 시작했다.

1869년 크리스마스 때 캐럴은 옥스퍼드로 돌아가기에 앞서 친구들과 바낙으로 여행을 갔고, 다음 해 1월 4일에는 동커스터로 가서 젭스 집안사람들을 만났다. 15일에는 베니 집안을 방문하기 위해 라이스터로 갔으며, 길드퍼드로 돌아갔다가 다시 런던으로 가 아서 휴스와 그의 가족과 함께 팬터마임을 보러 가기도 했다.

1870년, 캐럴의 첫 번째 조카이며 그의 첫 공식 전기 작가인 스튜어트 도지슨 콜링우드가 태어났다. 이때 캐럴은 《거울 나라의 앨리스》를 출판할 준비를 하고 있었고, 1871년 말에 책이 나왔다. 또한 캐럴은 사적으로 엄청난 팸플릿, 풍자시, 그리고 소책자들을 출판했다. 도덕적 목적도 있었겠지만 대부분 즐거움을 주기 위한 것들이었다.

1872년에 캐럴은 다양한 주제와 다양한 형태의, 다양한 관객들을 위한 일련의 작품을 양산했다. 이때에는 유클리드가 캐럴의 생각을 지배했다. 유클리드를 위대한 사상가로 여긴 캐럴은 유클리드의 책을 이해하려고 노력했고 새로운 세대에게 유용하게 만들려고 노력했다. 사실 1860부터 1888년 사이에 캐럴은 유클리드에 관해 적어도 열두 편의 글을 썼다. 이러한 노력의 결과가 바로 1879년에 출간된 《유클리드와 그의 현대의 경쟁자들*Euclid and His Modern Rivals*》이다.

1873년 캐럴은 옥스퍼드의 건축 개혁에 관한 팸플릿을 발표하여 학장인 리델과 적대적인 위치에 섰다. 이러한 상황이 결국 리델 집안사람들과의 친분에 종지부를 찍게 한 이유였다. 캐럴과 리델은 많은 면에서 양극에 서 있었다. 정치적으로 보면 캐럴은 보수적이었고 학장은 진보적이었다. 캐럴은 학교와 관련된 문제들에 관심을 가졌다. 1876년에는 비교인문학 교수인 프리드리히 막스 뮐러의 연구 수행에 편의를 제공하는 문제로 학교와 대립했고, 1877년에는 학부의 시험에 관한 문제로 편지를 쓰기도 했다. 1870년대에 캐럴은 학교의 문제를 넘어서 공적인 분야의 문제들에도 관심을 가졌다. 예를 들면 그는 동물 해부에 반대했다. 해부가 문명에 도움을 주기보다는 도덕적 해이로 이어진다고 보았다. 해부 반대 협회의 부회장인 프랜시스 파워 콥은 항의 서한에서 그의 편지를 인용하기도 했다.

또한 캐럴은 발명이나 기계에도 관심을 가졌다. 그의 방은 장난감 가게나 박물관을 연상시킬 만큼 최신 기계 발명품으로 가득 찼다. 그는 가족들에게는 여전히 즐거움을 선사하는 존재로서, 노래나 퍼즐, 게임, 숫자나 단어 속임수들을 가족들에게 제공했다. 그는 전통적인 놀이인 체스, 크로케, 당구, 카드 게임 등도 즐겼지만 이런 것들로 만족하지 못했고, 새로운 것들에 관심을 보였다. 이 시대, 즉 빅토리아 시대의 중산층 가정은 스포츠 참가와 관전을 즐겼다. 크리켓은 국가적 놀이였고, 1852년경에는 전영 11전(戰)이 생겼다.

1870년대에 캐럴은 의도적으로 사교를 기피했던 것 같다. 그러나 1880년 9월 15일에 웨스트민스터 대수도원에서 거행된 앨리스 리델(앨리스의 모델)의 결혼식에는 참석했던 것이 분명하다. 1883년 크리스마스 때는 앨리스에게 《운율? 그리고 이성?*Rhyme? and Reason?*》을 선물로 보내며 편지에서 그녀를 '하그리브스 부인Dear Mrs. Hargreaves' 이라고 불렀다. 이 편지는 과거에 대한 따뜻한 회상으로 가득했다.

1887년 11월 16일에 그는 앨버니 공작 부인과 함께 학장 공관에서 저녁 식사를 했고, 다음 날 잠시 그녀를 만나 그곳을 다시 방문했다. 며칠 후에는 로다와 바이올렛이 캐럴의 방을 방문했다. 같은 해 11월 9일에는 하그리브스 부인이 학장 공관에 와서 차를 마셨는데, 그녀에 관한 기록은 이것이 마지막이다.

1892년 1월 7일에 캐럴은 하그리브스 부인에게 편지를 보내 선물을 보내도 괜찮으냐고 물었다. 3월에는 리델 부인에게 후베르트 폰 헤르코머가 그린 리델의 초상화를 보냈다. 1893년 1월 21일에는 리델의 민법학 명예박사 학위 수여식에 참석했는데 이것이 리델 집안과의 인연의 끝이었다. 이후 캐럴은 더욱더 칩거했다.

캐럴은 지속적인 기관지염으로 고생했으며, 1884년 12월 5일 침실에 전통적인 석탄 난로 대신 설치한 석면 가스난로 때문에 석면 흡입으로 인한 폐질환을 얻었다. 1898년 1월 14일에 폐질환으로 사망해 길드퍼드 묘지에 묻혔다.

| 주 |

1) 로리나, 앨리스, 이디스. 이 세 아이는 캐럴이 다니던 옥스퍼드 대학 크라이스트 처치 칼리지의 학장이던 헨리 리델Henry Liddell의 딸들이다. 이 시는 캐럴이 이 아이들과 함께 1862년 옥스퍼드에서 가즈토까지 템스 강을 따라 배를 타고 갔던 상황을 이야기해주며, 《신기한 나라의 앨리스*Alice's Adventures in Wonderland*》가 탄생한 상황을 묘사해준다.
2) 프랑스의 강력한 노르만족 봉건 영주로서 1066년 교황 알렉산드르 2세의 명을 받아 잉글랜드를 정복하고 잉글랜드의 왕이 되었다.
3) 간부 회의를 의미하는 '코커스caucus'를 붙인 것은 정치 집단의 무의미한 활동을 풍자하기 위해서다.
4) 앨리스는 앞의 생쥐의 말에서 'tale(이야기)'을 동음어인 'tail(꼬리)'로 알아들었고, 그래서 의미의 혼란이 일어난 것이다.
5) 생쥐가 한 앞의 말 'I had not!(그렇지 않아!)'에서 'not'을 앨리스가 동음어인 'knot(매듭)'으로 알아들은 것이다.
6) 공작 부인이 앞의 앨리스의 말에서 'axis(지축)'를 동음어인 'axes(도끼)'로 알아들은 것이다.
7) 원문은 다음과 같다. 'Take care of the sense, and the sounds will take care of themselves.' 이것은 영국 속담 'Take care of the pence, and the pounds will take care of themselves(푼돈을 아껴라. 그러면 큰돈은 저절로 따라온다)'에서 pence와 pounds를 sense와 sounds라는 비슷한 발음의 단어로 바꾸면서 이 속담을 패러디한 것이다.
8) 원문의 'mine'이라는 단어에는 '광산'이라는 뜻도 있고 '나의 것'이라는 뜻도 있다.
9) 머리와 날개는 독수리이고 몸통은 사자인 전설상의 동물.
10) 여기서 원문의 'turtle'은 '거북'으로 'tortoise'는 '남생이'로 번역했다. 보통 'turtle'은 바다거북을 말하며, 'tortoise'는 주로 육지나 민물

에 사는 거북을 이른다. 그리고 'tortoise'의 발음은 'taught us(우리를 가르쳤다)'와 비슷하다.

11) 일반 학교 정규 과목인 읽기reading과 쓰기writing를 비틀거리기reeling과 몸부림치기writhing로 바꾸고, 산수의 더하기addition, 빼기subtraction, 곱하기multiplication, 나누기division를 야심ambition, 정신 혼란distraction, 추화(醜化)uglification, 조롱derison으로 바꾼 것이다.

12) 미술 시간에 배우는 그리기drawing, 스케치sketching, 색칠하기painting를 잡아 늘이기drawling, 뻗기stretching, 몸을 말아서 기절시키기fainting in coils로 바꾼 것이다.

13) 'lesson(수업)'과 'lessen(줄어들다)'은 발음이 같다.

14) 대구는 영어로 'whiting'이며 이것은 'white(흰색)'에 '-ing'를 붙인 형태다. 이러한 'whiting'을 구두에 윤을 낸다는 뜻인 'blacking (black + -ing)'에 빗대어 쓴 것이다.

15) 원문의 'sole'이라는 단어에는 '서대기'라는 뜻과 '구두 밑창'이라는 뜻이 있다. 또한 'eel(장어)'은 'heel(구두 뒤축)'과 발음이 비슷하다.

16) 돌고래는 영어로 'porpoise'인데, 앨리스는 이것을 'purpose(목적)'라고 들었다.

17) 'twinkling(반짝임)'이니 't'자로 시작되는 게 당연하다고 말하는 것이며, 여기서 왕은 'tea(차)'를 알파벳 't'로 잘못 알아듣고 있다.

옮긴이에 대하여

남기헌은 1962년 인천에서 태어나 연세대학교 영어영문학과와 같은 대학교 대학원을 졸업한 후 미국 오클라호마 주의 털사 대학에서 제임스 조이스의 《율리시스》에 나타난 저널리즘 및 대중문화 연구로 박사 학위를 받았다. 2005년부터 서울산업대 영어과에 재직하고 있고, 한국제임스조이스 학회에서 일을 맡고 있다.

주요 관심 분야는 제임스 조이스와 아일랜드 문학이며, 영미 모더니즘 작가들에 대해서도 많은 관심을 가지고 있다. 저서 《《더블린 사람들》 다시 읽기》는 조이스의 초기 작품을 탈식민주의적 관점에서 서술하여, 기존의 전통적인 해석에서 벗어나 새로운 지평을 연 책이다. 현재 《율리시스》를 다른 학자와 학생, 일반인들과 함께 매월 독회를 하면서 조이스에 대한 관심과 열정을 이어가고 있다.

《신기한 나라의 앨리스》는 조이스의 마지막 작품인 《피네건스 웨이크*Finnegans Wake*》에 루이스 캐럴의 언어적 유희에 관한 언급이 많다는 점 때문에 관심을 갖기 시작했다. 이 때문에 이 작품을 번역할 필요성을 느꼈다. 물론 번역은 또 다른 창작이라고 할 만큼 어려운 작업이고, '완벽한 번역'은 애초부터 불가능한 것인지도 모르지만 번역을 통해 이 작품에 대한 이해를 더 높일 수 있었다.

현재는 조이스를 좀 더 알리는 것에 관심을 갖고 있으며, 아일랜드 문학을 한국에 제대로 알려 영국이나 미국 편향적인 시각을 보정하고 영미권의 작품들을 폭넓게 소개하기 위해 준비 중이다.

namkh@snut.ac.kr

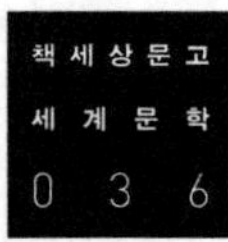

신기한 나라의 앨리스

초판 1쇄 | 2006년 10월 31일

지은이 | 루이스 캐럴
옮긴이 | 남기헌
펴낸이 | 김직승
펴낸곳 | 책세상

전화 | 704-1251(영업부) 3273-1334(편집부)
팩스 | 719-1258
주소 | 서울시 마포구 신수동 68-7 대영빌딩(우편번호 121-854)
이메일 | world8@chol.com
홈페이지 | www.bkworld.co.kr

등록 1975. 5. 21 제1-517호
ISBN 89-7013-593-6 04840
89-7013-373-9 (세트)

책값은 뒤표지에 있습니다.
잘못된 책은 바꿔드립니다.